LE SECRETAIRE DU PARNASSE

DEUXIEME CAHIER.

ÉLOGE DE L'HIPOCRISIE.

Mes chers amis, il me prend fantaisie
De vous parler ce soir d'Hipocrisie.
Grave T.... soutiens ma faible voix ;
Plus on est lourd, plus on parle avec poids.

Si quelque Belle à la démarche fiere,
Aux gros tétons, à l'énorme derriere,
Etale aux yeux ses robustes appas ;
Les Rimailleurs la nommeront Pallas.
Une Beauté, jeune, fraîche, ingénue,
S'appelle Hébé ; Vénus est reconnue
A son sourire, à l'air de volupté,
Qui, de son charme, embellit la Beauté.

Mais si j'avise un visage sinistre,
Un front hideux, l'air empesé d'un Cuistre,
Un cou jauni sur un moignon panché,
Un œil de porc à la terre attaché,
(Miroir d'une ame à ses remords en proie,
Toujours terni, de peur qu'on ne le voie,)
Sans hésiter je vous déclare net,
Que ce magot est Tartuffe ou T.......
C'est donc à toi T..... que je dédie
Ma très-honnête & courte rapsodie,
Sur le sujet de notre ami G.....
Fesse-Mathieu, dévot & grand paillard.

Avant-hier, advint que de fortune
Je rencontrai ce G..... sur la brune,
Qui chez Fanchon s'allait glisser sans bruit,
Comme un hibou qui ne sort que de nuit.
Je l'arrêtai, d'un air assez fantasque,
Par sa jacquette, & je lui criai : » *Masque*,
» *Je te connais* : l'argent & les Catins
» Sont à tes yeux les seuls objets divins ;
» Tu n'eus jamais un autre Cathéchisme.
» Pourquoi veux-tu de ton plat rigorisme,
» Nous étalant le déhors imposteur,
» Tromper le monde & mentir à ton cœur ;
» Et tout paitri d'une sainte luxure,
» Parler en Paul & vivre en Epicure.

Le Sicophante alors me repondit,
Qu'il faut tromper pour se mettre en crédit,

Que la franchise est toujours dangereuse,
L'art bien reçu, la vertu malheureuse;
La fourbe utile; & que la vérité
Est un joyau peu connu, très-vanté,
D'un fort grand prix, mais qui n'est point d'usage.

Je répliquai, ton discours parait sage;
L'hipocrisie a du bon quelquefois.
Pour son profit on a trompé des Rois,
On trompe aussi le stupide Vulgaire
Pour le gruger, bien plus que pour lui plaire.
Lorsqu'il s'agit d'un trône Episcopal,
Ou du chapeau qui coëffe un Cardinal,
Ou, si l'on veut, de la triple couronne,
Que, selon toi, l'ami Belzébut donne;
En pareil cas, peut-être il serait bon
Qu'on employât quelques tours de fripon.
L'objet est beau, le prix en vaut la peine;
Mais se gêner, pour nous mettre à la gêne;
Mais s'imposer le fardeau détesté,
D'une inutile & triste fermeté,
Du monde entier méprisée & maudite,
C'est être dupe encor plus qu'hipocrite.
Que *Peretti* se déguise en Chrétien (1)

(1) SIXTE-QUINT. Il est vrai qu'il fit long-tems semblant d'être humble & doux, lui qui était si fier & si dur.

Pour être Pape, il se conduit fort bien;
Mais toi, pauvre homme, excrément de Collége,
Dis-moi, quel bien, quel rang, quel privilége
Il te revient de ton maintien cagot?
Tricher au jeu sans gagner est d'un sot.
Le monde enfin aisément, ou devine,
Ou reconnait le Caffard à la mine;
Chacun le hue: on aime à décrier
Un Charlatan qui fait mal son métier.

Mais convenez du moins que mes Confreres
M'applaudiront. — Tu ne les connais gueres;
Dans leur tripot on les a vu souvent
Se comporter comme on fait au Couvent.
Tout penaillon y vante sa besace,
Son institut, ses miracles, sa crasse;
Mais en secret l'un de l'autre jaloux,
Modestement ils se détestent tous.
Tes ennemis sont parmi tes semblables:
Les gens du monde au moins sont plus traitables;
S'ils sont railleurs, les autres sont méchants.
Crains les sifflets, mais crains les malfaisans.

Voilà pourquoi M. *Robert Covelle* dit que Sixte-Quint se déguise en Chretien; avec sa permission je trouve cela un terme un peu hardi. (*Note de l'Auteur.*)

Crois-moi, renonce à la cagotterie,
Mene uniment une plus noble vie,
Rougissant moins, sois moins embarrassé;
Que ton col tord désormais redressé,
Sur son pivot garde un juste équilibre.
Leve les yeux, parle en Citoyen libre;
Sois franc, sois simple; & sans affecter rien,
Essaie un peu d'être un homme de bien.

Le mécréant alors n'osa répondre;
J'étais sincere : il se sentait confondre.
Il soupira d'un air sanctifié.
Puis détournant son œil humilié,
Courbant en voute une part de l'échine,
Et du menton se battant la poitrine,
D'un pied cagneux il alla chez Fanchon
Pour lui parler de la Religion.

Par M. DE VOLTAIRE.

On reconnait toujours ce grand homme.

QUATRAIN
SUR LA MORT.

POURQUOI prêcher la Mort aux hommes ?
Ce sont des discours superflus,
Elle n'est pas, tant que nous sommes ;
Lorsqu'elle est, nous ne sommes plus.

LA MÉPRISE,
CONTE.

UN Notaire appellé Carnot,
Bonhomme, s'il en fut, habile homme en pratique ;
A bien dresser un acte entendant la fabrique,
La forme d'un contrat, de latin pas un mot,
Avait un Clerc dans son étude,
Qui trouvant le travail trop servile & trop rude,
Se tourna du côté de l'Eglise, & voulant
Obtenir des dégrés, à Navarre en Licence
Devait soutenir these, & par reconnaissance
Au Notaire pensa devoir honnêtement

En faire passer une. Il est bon de vous dire
Que l'apprentif Docteur à Chartres était né.
Maître Carnot fort étonné,
Parcourant aussi-tôt cet imprimé, de lire,
A la fin; *Clericus Carnotensis*; vraiment
J'entends cela tout couramment;
Oui, *Clericus* n'a pas besoin de commentaire,
Carnotensis, rien n'est plus clair,
Clerc de Carnot; voilà tout le mystere:
L'aimable enfant! quel caractere!
Il se souvient toujours d'avoir été mon Clerc.

Cette négligence, ce tour prosaïque, ces enjambemens d'un vers à l'autre conviennent ici; c'est ce qui fait en partie la naïveté de ce genre. Ce Conte méritait d'être recueilli.

INVOCATION

A VENUS.

Extrait du Poëme de NARCISSE *dans l'Isle de* VENUS.

O VENUS! *dit le Poëte*,

LA paix te suit : les flots séditieux,
Quand tu parais retombent & s'appaisent:
L'Aquilon fuit, les Tonnerres se taisent,
Et le Soleil revient plus radieux,
Dorer l'azur dont se peignent les Cieux.
A ton aspect la Nature est émûe:
En rugissant le lion te salue;
L'ours, en grondant, t'exprime ses plaisirs;
L'oiseau léger te chante dans la nue,
Et l'homme enfin, par la voix des soupirs,
Te rend hommage & t'offre ses desirs.
Rien ne t'échappe, & l'abîme des ondes
S'embrâse aussi de tes flammes fécondes;
Et sous tes traits, sous tes brûlans éclairs,
Pleins d'allégresse, en leurs grottes profondes,
Tu vois bondir tous les monstres des mers.
C'est toi par qui sont les êtres divers;

C'eſt toi, Vénus, qui rajeunis les mondes,
Et dont le ſouffle anime l'Univers ;
L'Olympe même éprouve ta puiſſance ;
Et Jupiter..... mais que dis-je ? Et pourquoi
Parlai-je ici de ton empire immenſe ?
Mon zéle ardent m'emportait malgré moi.
Faible mortel, je me tais devant toi.
Pour te louer, la meilleure éloquence
Eſt de ſentir, de te ſuivre en ſilence,
Et de céder doucement à ta loi.
Deux jeunes cœurs par un tendre délire
T'honorent plus que les ſons de ma lyre ;
Je la ſuſpens moi-même à ton autel,
Et me dévoue à ton culte immortel.

Par feu M. DE MALFILATRE.

Ce tableau du pouvoir de *Vénus* eſt emprunté de *Lucrece* ; il eſt très-ſéduiſant dans l'original & beaucoup de Poëtes ont tenté d'en tranſporter les graces dans notre langue ; tels qu'HESNAULT le Diſciple de SPINOSA & le Précepteur de Madame DESHOULIERES ; M. le C. de B. dans ſes *Géorgiques Françaiſes* ; M. DE VOLTAIRE dans un des Chants de ſa *Pucelle*, & M. de SAINT-LAMBERT dans ſon Poëme des *Saiſons* : Nous allons rapporter l'imitation de ce dernier.

L'EMPIRE DE L'AMOUR

Sur les Animaux & sur l'Homme.

EXTRAIT.

AMOUR, c'est par toi seul qu'il * ornait l'Univers:
Viens remplir de tes feux l'air, la terre & les mers.
Principe de la vie, ame & ressort du monde,
Des graces, des plaisirs, source aimable & féconde! (1)
Toi, qui dans tous nos sens répands la volupté,
Dès que la force en nous s'unit à la beauté;
Toi qui subjugues tout, toi qui rends tout sensible,
Puissance universelle, ou charmante ou terrible,
Vainqueur des faibles loix & des dogmes trompeurs,
Que les vains préjugés t'opposent dans nos cœurs!
Toi qui seul remplis l'ame & fais sentir la vie,
Consolateur des maux dont elle est poursuivie,
Rends heureux l'Univers, qu'il aime & c'est assez.
Enflamme, réunis les êtres dispersés;
Par l'excès des plaisirs, fais sentir ta puissance;
La Nature est enfin digne de ta présence.

---

* Le Printems.

(1) Lucrece dit:

Nec sine te quicquam Dias in luminis oras
Exoritur, neque fit lœtum, neque amabile quicquam.

Jeune, riante & belle, elle attend tes faveurs,
Ton trône est préparé sous des berceaux de fleurs,
Des chants multipliés dans les airs se confondent
Et volent des côteaux aux vallons qui répondent:
Je vois les animaux l'un à l'autre accourir,
S'approcher, s'éviter, se combattre & s'unir.
Ils semblent inspirés par une ame nouvelle,
Et le feu du plaisir dans leurs yeux étincelle.

Le coursier indocile, inquiet, agité,
Echappe en bondissant au frein qui l'a dompté.
Du haut de la colline il porte au loin la vûe,
Il cherche un seul objet dans la vaste étendue.

La Génisse mugit de vallons en vallons,
Et le Taureau fougueux suit ses pas vagabons.
Par les sons étouffés d'un lugubre murmure,
Il révèle aux échos le tourment qu'il endure.

La Bergere effrayée entend les loups cruels
Annoncer en hurlant leurs plaisirs mutuels.

Amour, tu sais dompter l'instinct le plus sauvage:
Le tyran des deserts entouré de carnage,
Dans les sables brûlans, au fond des antres sourds
Exprime en rugissant ses féroces amours.
A ses horribles feux sa compagne sensible
Lui répond par un cri lamentable & terrible;
Leur long rugissement retentit dans les airs,
Et trouble dans la nuit le calme des deserts.

Enfin le couple affreux s'unit dans l'ombre obſcure,
Et ſemble en jouiſſant menacer la Nature (2).

Le tigre à tes faveurs a longtems réſiſté,
Il ſemblait à regret ſentir la volupté ;
Au plus doux des plaiſirs mêlant ſa barbarie,
Il careſſe, en grondant, ſon amante en furie, (3)
Pleins de rage & d'amour les monſtres forcenés
Calment ſans s'adoucir leurs beſoins effrenés.

Mais pourquoi nous tracer ces funeſtes images?
Tandis que ſous nos yeux, au fond de ces bocages,
Sur ces dômes d'azur, au bord de ces ruiſſeaux,
Des ſentimens ſi doux animaient ces oiſeaux.
Voyez-les s'empreſſer autour de leurs amantes,
Et les yeux enflammés, les aîles frémiſſantes,
Par des ſoins, par des chants, demander du retour,
Inſpirer le plaiſir & mériter l'amour.

Voyez ſur ce donjon la colombe amoureuſe
A ſon amant aimé ſe montrer dédaigneuſe ;

---

(2) Cette peinture eſt de la plus grande beauté ; on ſe croit tranſporté au milieu des deſerts & entendre les rugiſſemens affreux qui ſont le ſignal de ces amours féroces.

(3) Action bien peinte. Vers ſuperbes.

Il cherche à se parer des couleurs de son sein,
Et change en s'agitant leur émail incertain :
Le dédain l'éloignait, un coup d'œil le rappelle ;
D'un air timide & tendre il revient auprès d'elle ;
Mais l'accueil qu'il reçoit le rend audacieux ;
Le plaisir & l'amour éclatent dans leurs yeux ;
Et le bec entr'ouvert, les aîles étendues,
Ils confondent enfin leurs ames éperdues.

Le moineau plus ardent & moins voluptueux,
Vole avec confiance à l'objet de ses feux ;
Avide, impatient, il presse, il sollicite,
D'un moment de rigueur, il s'indigne, il s'irrite ;
Le délai le consume, & l'instant des plaisirs
N'est pour lui qu'un passage à de nouveaux desirs.

Le cigne en déployant ses aîles argentées,
Et pressant de ses pieds les ondes agitées,
Aux yeux de son amante étalant sa beauté,
Navige avec orgueil, flotte avec majesté.

Voyez sous ces rameaux, ces tendres tourterelles
Nourrir de cent baisers leurs ardeurs mutuelles,
Et par des sons touchans, un murmure enflammé,
Exhaler les plaisirs d'aimer & d'être aimé.
Se voir est leur bonheur, & l'amour est leur vie.

Des chants de son Amant, Philomele ravie,

L'écoute, s'attendrit & céde à ses desirs;
Il a chanté pour plaire, il chante ses plaisirs.
Dans l'ombre de la nuit, sa voix harmonieuse
Fait retentir des bois la voûte ténébreuse;
Tout l'écoute & tout aime, & chaque être amoureux
Croit entendre chanter le bonheur de ses feux.

Sur la feuille naissante un insecte invisible
Poursuit avec ardeur un être imperceptible;
Les atômes vivans s'unissent dans les airs,
Tandis que la baleine & les monstres des mers
Bondissent pesamment sous leurs voûtes profondes,
Et, de longs mouvemens, troublent le sein des ondes.
Tout s'enflamme & s'unit, & cherche à s'enflammer.
Tout desire & jouit, l'homme seul sait aimer.
S'il est souvent des sens l'esclave involontaire,
Aimer est à son *cœur* un *plaisir* nécessaire:
Il veut jouir d'un *cœur*, il veut remplir le sien.
Plaisir du sentiment, cher & tendre lien,
Vous êtes des mortels la volupté suprême,
Et le plus grand bienfait de ce Dieu qui nous aime.

L'amour de ces oiseaux meurt avec le Printems;
Chez l'homme plus heureux il vit dans tous les tems.
Notre ame en est sans cesse amusée ou ravie;
Il embellit l'aurore & le soir de la vie.

D'un ſentiment confus dès l'enfance agité,
L'homme a connu l'Amour même avant la Beauté.
Du Vieillard la Beauté reçoit encor l'hommage,
Il vient, en rougiſſant, vanter ſon eſclavage,
Et des ans, auprès d'elle oubliant le fardeau,
Semer de quelques fleurs les bords de ſon tombeau.

Par M. DE SAINT-LAMBERT.

Cette peinture charmante remplit le cœur d'une émotion douce, & invite à l'Amour qu'elle rend ſi touchant. Ces vers prouvent une ame bien ſenſible & un talent ſupérieur dans leur Auteur. Il fait ſe plier à tous les tours, & donne à chaque tableau le coloris effrayant ou tendre que le ſujet demande.

NEWTON,

ODE

Couronnée par l'Académie des Jeux Floraux.

ILLUSTRE Créateur de la Philoſophie,
O NEWTON! ô, mon Maître, échauffe mon génie!
Ainſi que tes travaux, rends mes vers immortels.
Sous un Ciel étranger je t'offre mon hommage:
Un littéraire Aréopage,
A ta gloire bientôt va dreſſer des Autels.

Suivant aveuglément l'esprit systématique,
DESCARTES construisit un monde chimérique,
L'établit à son gré sur de frêles supports:
NEWTON, de l'Univers tu vis mieux la structure;
    Pour toi la profonde Nature
Se plut à dévoiler ses jeux & ses ressorts.

❁

Rien n'était: l'Eternel reposait en lui-même:
Jaloux de signaler sa puissance suprême,
Il dit; & le Néant enfante l'Univers: (1)
Un fluide subtil se répand dans l'espace;
    Tous les corps y prennent leur place,
Un penchant mutuel unit ces corps divers.

❁

Vers un centre commun les Planètes gravitent;
Là, modèrent leurs pas, ici, les précipitent:
Invariable effet des rapports différens!
Elles obéiraient à la force centrale;
    Mais sans cesse une force égale
Réagit, les repousse, & les tient en leurs rangs (2).

---

[1] Ces trois vers sont sublimes & valent le commencement de la Genese.

(2) Cette strophe est plus d'un stile d'école que d'un stile Poëtique.

Terre, dans l'étendue, atôme imperceptible,
A cet attrait puissant, tu n'es point insensible;
Ton Equateur s'éleve & fait de vains efforts.
Soumis aux mêmes loix, je vois l'humide empire
Monter vers l'Astre qui l'attire:
L'Astre fuit, la mer tombe & roule vers ses bords.

❀

Quel obstacle du Pôle a retardé la course?
Il semble s'éloigner du char glacé de l'Ourse;
Voudrait-il l'éviter! mais que ses pas sont lents!
Immobile à mes yeux, il change de distance:
A peine une durée immense
Peut servir de mesure à ses longs mouvemens.

❀

O vous, corps vagabonds, redoutés du vulgaire, (*)
Qui d'un vol inégal errez de Sphere en Sphere,
Aux partisans du plein reprochez leur erreur:
Et loin d'être pour nous un sinistre présage,
Au Dieu du jour rendez hommage;
Plongez-vous dans son sein, ranimez sa chaleur.

❀

Océan de lumiere, ô toi, flambeau du monde,
Qui rends, pour nos besoins, la Nature féconde,

[*] Les Comètes.

Soleil, sans t'épuiser, tu prodigues tes feux;
D'une rapidité que je ne puis comprendre,
Partout je les vois se répandre,
Pour peindre les objets, pour éclairer nos yeux.

De sept Mondes errans, les bornes sont prescrites:
Ton compas, ô grand homme, a fixé leurs limites...
Que l'inconstante sœur du Dieu pere des jours,
Montre ou cache à nos yeux sa débile lumiere,
Tu sauras bien de sa carriere
Prédire & calculer les bisarres détours.

Poursuis, vaste Génie, enfante des miracles,
Franchis d'un pas hardi les plus puissans obstacles;
Ose, un tube à la main, te soumettre les Cieux:
Zoroastre nouveau, guidé par Uranie,
Réforme la chronologie,
Embrasse l'Infini, sois l'Emule des Dieux.

A l'aide du calcul & de l'expérience,
Des milieux différens connais la résistance,
Proscris ces tourbillons dont on fut entêté,
Efface de l'erreur les routes incertaines,
Explique tous les phénomenes,
Dévoile la Nature à la postérité.

Tel qu'on voit le Soleil obscurcir les Etoiles,
Forcer la sombre Nuit à replier ses voiles,
Et récréer nos yeux de mille objets divers;
Tels, de l'antique erreur dissipant les ténébres,
Tes écrits à jamais célebres,
Montrent le vrai tableau de ce vaste Univers.

Quels siecles, quels climats, aux Arts inaccessibles,
Pourraient à tes bienfaits se montrer insensibles?
Qui pense, du vrai Sage est le concitoyen.....
La France t'applaudit; de ton Génie éprise,
La Garonne après la Tamise,
Se plaît à te louer, ton éloge est le sien.

Par M. Nicolau.

Il y a de belles choses dans cette Ode, mais c'est plutôt un Traité de Phisique que l'éloge de Newton.

LE PRINTEMS.

Extrait du Chant Premier du Poëme des Saisons, *Imitation libre de* Tompson.

INVOCATION.

Viens, doux Printems, embellir les côteaux,
Viens ranimer la Nature épuiſée;
Deſcends auſſi, bienfaiſante roſée,
Et de tes pleurs baignes les arbriſſeaux.
Sur ces lilas, ſur ces grouppes de roſes,
Sont aſſemblés les habitans des bois;
Ils font déjà, ſous ces feuilles écloſes,
Retentir l'air des éclats de leurs voix.

Retour & premiers effets du Printems.

Au fond du Nord l'Hiver ſe précipite,
Et les Autans entraînés dans ſa fuite,
Ceſſent enfin de ravager les champs.
Zéphir s'empreſſe à déployer ſes aîles,
Flore renait dans ſes embraſſemens;
La neige fond & s'écoule en torrens;
Les prés, les bois brillent de fleurs nouvelles,
Et Pan ſourit à l'aſpect du Printems.

Mais la saison est encor incertaine :
Le sombre Hyver retourne sur ses pas ;
Il livre Flore aux rigueurs des frimats,
Et l'Aquilon fait sentir son haleine.
Un voile épais cache le Dieu du Jour ;
Le Rossignol interrompt son ramage,
Et Progné craint d'avancer son retour.
Mais le Soleil perce enfin le nuage
Qui paraissait immobile dans l'Air :
De ses liens le Printems se dégage,
Et dans son Antre il enchaîne l'Hiver.

Semences de Mars.

Le Laboureur que l'espoir encourage,
Forçant au joug son utile attelage,
Parcourt son champ qu'il couvre de sillons ;
Ses soins remplis, un Semeur se promene,
Jettant partout les germes des moissons,
La herse suit, & *termine la scène.*
Fais, Dieu puissant, éclater ta bonté :
L'Homme attend tout de ton bras tutélaire !
Vents précurseurs de la fertilité,
Répandez-la dans le sein de la terre !
Pere du Jour, *découvre* tes rayons ;
Roule ton Char dans des flots de lumiere,
Et de tes feux échauffe les sillons ?
Vous qui vivez dans la molle indolence,

Vous que maitrise & subjugue l'orgueil,
Qui dans le luxe & l'altiere opulence,
Ne rencontrez qu'un dangereux écueil,
De vos regards ce détail n'est pas digne;
Grands, vous croiriez-vous abaisser trop bas.
Virgile avant de chanter les combats,
A célébré les troupeaux & la vigne.
Jadis les Grands, les Héros & les Rois,
De la Charue, allaient dicter des loix: [1]
Rougissaient-ils de cultiver leurs terres?
Et vous, & vous orgueilleux éphemeres,
Vous qu'un instant & fait naître & détruit [2]
Vous dédaignez de rustiques chaumieres,
Et rejettez la main qui vous nourrit!

O vous chez qui fleurit l'Agriculture,
Heureux Français préparez vos côteaux
A recevoir les biens que la Nature,
Pleine de soins destine à vos travaux!
O France! ô toi dont la gloire m'est chere,
Que dans tes ports, des bouts de l'Univers,
Saient rassemblés tous les tributs des mers!

---

(1) Etaient-ce *les Loix de la Charrue*?

(2) Ce vers n'est que l'explication du précédent.

Dispense, accorde aux Peuples de la terre
Le superflu de tes riches guérets :
Du monde entier qu'on t'appelle la mere,
Et dans tous lieux, regne par tes bienfaits.

Par M. VILLEMAIN D'ABANCOURT.

Ces vers sont doux & faciles. Nous donnerons dans nos Volumes suivans d'autres morceaux du même Auteur.

EPITAPHE
DES DEUX AMANS
DE LYON.

UN nommé FALDONI, *Maître d'Armes, amoureux d'une jeune personne assez riche, ayant desiré de s'unir à elle par les nœuds de l'hymenée, demanda sa main à ses parens qui la lui refuserent. Désespéré & affaibli encore par une maladie mortelle, il résolut de se tuer. Il alla voir sa Maîtresse qui était à la campagne pour lui apprendre sa résolution. Cette jeune*

Amante ne voulut pas lui ſurvivre. Ces deux Amans aux pieds des Autels, ſe donnerent la mort pour être unis enſemble dans le même tombeau.

EPITAPHE.

Cî giſſent deux Amans ; l'un pour l'autre ils
vécurent,
L'un pour l'autre ils ſont morts, & les loix en
murmurent ;
La ſimple piété n'y trouve qu'un forfait,
Le ſentiment *admire* [1], & la raiſon ſe tait.

Par J. J. ROUSSEAU, *de Genêve.*

---

(1) Si ce ſuicide pouvait être *admirable* ; l'Amante ſeule mériterait nos éloges. L'Amant était pauvre & preſque mourant, la jeune Amante était riche & ſe portait très-bien.

LE SUICIDE,

De *la seizieme Nuit d'Young.*

O Ciel, qu'entends-je ! & quel gémissement !
Mon ame en est vivement oppressée ;
C'est un homme.... Que vois-je....! à son dernier moment !
Sa chevelure est hérissée,
Son sein est déchiré, tout son corps est sanglant,
Dans ses yeux on voit le blasphême, (1)
La fureur & le désespoir.
Quelle rage ! quoi, sur lui-même
Il a du crime étendu le pouvoir ?
Quoi ! de sa propre main il s'est ôté la vie ?
Quoi ! ce jeune voluptueux,
Lui qui faisait tant d'envieux,
Si lâchement se sacrifie.
Oui, loin de te cacher cet *horrible* tableau,
Regarde ce *hideux* spectacle ;
Si je t'en fermais le rideau,
A l'*horreur* qu'il doit faire, il serait un obstacle (2).

---

(1) *Voit-on* le blasphême ?

(2) *Horrible, horreur.*

Vois ces poignards tous teints de ſang;
Cette phiole empoiſonnée,
Vois ce *funeſte* nœud coulant,
Qui d'une tête forcenée
Avance le dernier inſtant.
Grand Dieu! quelle *cruelle* image,
Que l'homme, ainſi, par lui-même abbattu! (3)
Que ce tableau rend un *terrible* hommage
A la Sageſſe, à la vertu!
Le Suicide, eſpece de folie,
Dont l'homme a ſeul oſé ſe rendre auteur,
Prend ſa ſource & ſa frénéſie
Dans la corruption du cœur.
Ceux que les beſoins de la vie
Enchaînent aux plus durs travaux,
Dociles ſous le poids des peines & des maux,
Ne ſont point tourmentés de cette *horrible* envie; (4)
Patiemment ils ſupportent leur ſort,
Ils reſpectent la Providence;
Par une ſage prévoyance,
Sans jamais l'appeller, ils attendent la mort.

---

(3) Vers dur.

(4) Il faut avouer que l'Auteur aime beaucoup les fortes épithètes. *Horrible*, *hideux*, *funeſte*, *cruelle*, *terrible*, & encore ici, *horrible*.

Ce dernier attentat d'une vie orageuse,
Annonce un insensé plongé dans les excès;
Et cette action odieuse,
De la fievre du crime est le dernier accès.
La sage & prudente Nature
Connait l'homme qu'elle a formé,
Et prévoyant par sa structure,
Qu'il serait faiblement armé
Contre ses maux dont souvent il murmure,
Elle a pris soin de placer la terreur
Aux bords escarpés de l'abyme,
Et loin d'en approcher comme son destructeur,
L'homme s'en recule en victime.
Sans ce fantôme redouté,
L'homme de bien gémirait dans l'attente,
Et rien n'empêcherait son ame impatiente
De s'élancer dans l'immortalité.
Des plus doux plaisirs de la vie
Il aurait chaque jour un dégoût fatiguant,
Au milieu de sa route il lui prendrait envie
De déposer ce fardeau trop pesant.
Quand la tristesse & les remords du crime
Viennent frapper sur l'ame du méchant,
Qui pourrait repousser la fureur qui l'anime
Contre son odieux penchant?
Pressé de franchir la barrière,
Sans l'effroi de la mort, il briserait ses fers,

Et dans ses bras toujours ouverts,
Il irait s'abîmer & finir sa carriere,
L'imagination, le vice, ni les sens, [5]
Ne peuvent contenter notre être;
Il n'est point fait pour se repaître
De vains plaisirs qui n'ont que des instans,
Pour traverser en paix l'espace de la vie
Dans la vertu cherchons en le bonheur,
Comme notre plus tendre amie,
Du Suicide elle nous fait horreur.

Par M. De Moissy.

Nous ne pouvions mieux placer ces vers qu'après l'Epitaphe *des deux Amans de Lyon*.

---

[5] Il faudrait, *ni* l'imagination, *ni* le vice, *ni les sens*.

VERS

A MADEMOISELLE B***.

AVec les charmes de l'Amour,
(Ou, si vous l'aimez mieux, des Anges,) [1]
Vous avez eu jusqu'à ce jour,
Plus de bonbons que de louanges.
Quand votre miroir aujourd'hui,
Vous dit que vous êtes jolie;
Loin qu'on vous en parle après lui,
On veut que votre cœur l'oublie.
Tout sans cesse occupe vos yeux:
Votre esprit vif est curieux;
C'est le bon esprit à votre âge:
Il cherche un sens au mot nouveau;
Et des objets dans le cerveau,
Il place les noms & l'image:
A votre esprit pourtant, B.......
Personne encor ne rend hommage.

Quand vous baillez à chaque trait
D'un certain livre fort abstrait,

[1] Vers pour la rime.

Votre Mie aussi tôt vous gronde,
Elle prétend que par projet,
Vous vous ennuyez d'un sujet
Qui doit ennuyer tout le monde.
On vous fait un sermon Chrétien
Sur votre ignorance profonde,
Et jamais vous n'entendez bien
Ce bon Livre où l'on n'entend rien.

On est encor plein d'injustices,
Sur vos mœurs, sur vos goûts naissans;
De vos vœux les plus innocens,
On exige des sacrifices.
On vous apprend l'art d'obéir,
Eh! B..... qu'en pourrez-vous faire?
Tous les cœurs voudront vous servir:
Oui, vous avez le don de plaire,
Du sentiment, de la gaieté,
Des graces, de l'égalité;
Vous ressemblez à votre mere;
Vous aurez, avec sa beauté,
Son esprit, & son caractere.

Par M. DE SAINT LAMBERT.

Ces vers sont doux, faciles & agréables & font honneur à cet aimable Auteur.

VERS

A JULIE C....

Le jour de sa Fête.

QUE t'offrir en ce jour, *adorable* Julie,
Qui soit digne de tes regards?
Des fleurs?.... Des Aquilons l'indomptable furie (1)
A dévasté *de toutes parts*
L'émail qui couvrait la prairie.
Des vers?.... Je vois *de tous côtés*
Des favoris d'Apollon & des Muses
T'en présenter dignes d'être écoutés;
Et je crains pour les miens que tu ne les refuses (2).
Qu'ils sont mauvais, dis-tu!.... J'en conviens, mais pourtant,
Un peu de complaisance & tu seras forcée,

---

[1] *Des fleurs, des*, &c. Mauvaise consonnance.

[2] Mauvaise tournure.

En critiquant le tour & la penſée,
De faire grace au ſentiment.
Il écrit mal, diras-tu, mais il penſe.
Mes vers ſont durs, ils n'ont point de cadence:
Mais ſi mon cœur ne ſait point s'énoncer,
Il ſait du moins, puis-je le prononcer?
Oui..... dût ce mot paraître une folie, (3)
Il ſait aimer. Et qui? l'*adorable* Julie.

Par M. l'Abbé le C....

Ces vers ont plus de mérite que n'en ont ordinairement les vers de ſociété. Les Bouquets, les Etrennes ſont des ſujets ſi uſés qu'il faut les lire avec indulgence & tenir compte à l'Auteur de la plus petite idée heureuſe.

---

[3] Vers long qui ajoûte à l'impatience & diminue par conſéquent le plaiſir.

VERS

A MADAME LA MARQUISE D'ANTREMONT.

JE suis loin de vous contester
Un nom que VOLTAIRE vous donne:
De lauriers sa main vous couronne,
Vous avez sçu les mériter.
Oui, soyez la Sapho nouvelle
Qui regne sur le double Mont;
Souffrez aussi qu'on vous appelle
Corine, jeune d'Antremont. [1]
Ovide aimait une Corine,
Non, la Grecque vieille & chagrine [2]
Qui composait de mauvais vers,
Ne pouvant pas faire autre chose;
Mais une Romaine aux yeux *pers*, [3]
Au fin sourire, au teint de rose,

(1) Inversion forcée.

(2) La phrase aurait été mieux en disant *non, une Grecque*.

(3) Vieux mot pour la rime.

Au cœur ſenſible, au doux parler;
Cette Corine était charmante, [4]
C'était la volupté décente,
Sans honte on peut lui reſſembler.
D'Apollon vous ſuivez les traces;
Sur les vôtres on voit l'Amour.
A ces Dieux aſſignez des places,
Faites-les regner tour-à-tour:
Soyez notre Muſe le jour,
La nuit, ſoyez une des Graces [5].

On peut voir dans l'*Almanach des Muſes* pour l'année 1769, les jolis vers de cette Marquiſe à M. *de Voltaire*, & la réponſe charmante de celui-ci.

---

(4) Vers inutile.

(5) Ce n'eſt point la Nuit qu'on choiſit pour faire ce rôle-là.

LA JEUNE FILLE ET LA GUÊPE,

FABLE.

QUE je plains le destin des Belles !
De quels propos de ruelles
Ne les obsede-t-on pas ?
Partout où brillent leurs appas,
Les sots fourmillent autour d'elles.
Pourquoi, me dira-t-on, plaignez-vous leur destin?
Cette fadeur leur plaît, & ce jargon les touche.
Sans cela, croyez-vous qu'un air fier & farouche
Ne ferait pas bientôt fuir l'importun essain ?
Le coup le plus leger délivre d'une mouche....
D'une mouche ?... vraiment... Eh ! qui ne vous croira ?
Mais en est-il ainsi d'un petit maître ?
Jettez-en un par la fenêtre, [1]
Par la porte aussitôt, un autre rentrera ;
Et chez la Belle ainsi peut-être [2]

[1] C'est les traiter un peu légerement.

[2] Vers dur.

Tout l'essain se succedera.
MESDAMES, voulez-vous obvier à cela ?
Quand le premier paraît, vous conta-t-il merveille,
A tout ce qu'il vous dit, faites la sourde oreille ;
Je ne connais que ce remede-là.

Doris, assise auprès de sa toilette,
Sur ses appas consultait son miroir ;
Elle trouvait sa taille élégante & parfaite.
Etre belle & chercher soi-même à le savoir,
C'est le moyen de devenir coquette. [3]
En s'amusant ainsi, certaine Guêpe, un jour,
Vint bourdonner à l'entour d'elle.
L'insecte allait, venait, menaçait tour-à-tour
La joue & le col de la Belle.
Son évantail la protégeait envain.
La Guêpe s'éloignait un moment, & soudain
Revenait lui causer une frayeur nouvelle ;
Doris craignait son aiguillon fatal.
Laissez-moi donc en paix, lui dit-elle en colere ;
De tous les animaux répandus sur la terre,
La Guêpe est à mon gré, le plus sot animal.
Pourquoi, belle Doris, lui répond la derniere,
M'outrager de cette maniere ?
Pourquoi me dédaigner ? Quel est mon crime, hélas !

[3] Vers charmant.

Quel mal fais-je, en voulant admirer vos appas;
Ce sein où l'Amour repose
Me ravit par sa blancheur,
Ces levres ont par leur fraîcheur,
Le coloris brillant & l'odeur de la rose.
En voyant tant d'attraits, je crois que tous les Dieux
Ont répandus sur vous leurs bienfaits précieux.
A ce discours flatteur, Doris enfin s'appaise:
Ah! Lisette, dit-elle, ah! ne la frappe pas,
Tiens, maintenant je suis fort aise
De n'avoir point hâté l'instant de son trépas.
Une Guêpe n'est pas une mouche ordinaire.
Cet insecte est galant, celui-ci m'a sçû plaire;
Je lui fais grace en ce moment.
Le croirais-tu, son joli compliment
Vient de désarmer ma colere.
Je lui pardonne tout. La Guêpe dans l'instant
Va vanter son bonheur à l'essain bourdonnant.
Enhardi par cette nouvelle,
Il vole en foule après la Belle:
Doris s'en amusa, souffrit l'essain fripon
Badiner sur son sein, voltiger au tour d'elle;
Mais elle ne vit l'aiguillon
Que lorsqu'elle en sentit la blessure mortelle.

Que l'amour-propre est sot! on veut être flatté!

Voulez-vous être écouté
De la beauté la plus sévère ?
Amans, flattez sa vanité
Louez & soyez sûr de plaire.

Par M. LEMONNIER.

Cette Fable est bien faite ; mais on aurait pû en tirer une morale plus analogue & on n'attend point les cinq derniers vers.

M. l'Abbé *Lemonnier* a un style à lui & qui lui est particulier. Ce n'est ni la naïveté de *la Fontaine*, ni l'esprit de *la Motte* ; c'est un genre intermédiaire qui tient un peu des deux, & qui a quelques-unes de leurs graces comme quelques-uns de leurs défauts.

PORTRAIT
DE MADAME LA DUCHESSE DE MIREPOIX.

LA beauté que je chante ignore ses appas.
Mortels qui la voyez, dites-lui qu'elle est belle,
Naïve, simple, naturelle
Et timide sans embarras.
Telle est la Jacinthe nouvelle ;

Sa tête ne s'éleve pas
Sur les fleurs qui ſont au tour d'elle ;
Sans ſe montrer, ſans ſe cacher
Elle ſe plaît dans la prairie ;
Elle y pourroit finir ſa vie
Si l'œil ne venait l'y chercher. (1)
Mirepoix reçut en partage
La candeur, la douceur, la paix ;
Et ce ſont entre mille attraits,
Ceux dont elle veut faire uſage.
Pour alterer la douceur de ſes traits,
Le fier dédain n'oſa jamais
Se faire voir ſur ſon viſage.
Son eſprit a cette chaleur
Du ſoleil qui commence à naître :
L'Hymen peut parler de ſon cœur,
L'Amour pourrait le méconnaître.

Par feu M. DE MONTESQUIEU.

Il eſt bien flatteur d'être loué ainſi. On ſera étonné de voir au bas de ces vers charmans, dignes de ſortir de la main d'un de nos Poëtes légers qui font profeſſion d'éloges, le nom d'un homme connu par des productions ſi peu analogues à ce genre. Cela prouve que le génie eſt univerſel, & que les Muſes ne

(1) Vers très-heureux & très-agréable.

refusent pas leurs caresses aux Sages qui leur font la cour. Au reste il ne fallait pas le nom du grand homme qui a fait ces vers pour les rendre intéressans & curieux pour les Lecteurs.

NOTE SUR LA VIE DE CET ILLUSTRE ECRIVAIN.

CHARLES DE SECONDAT, Baron de la BREDE & de MONTESQUIEU, ancien Président à Mortier au Parlement de Bordeaux, de l'Académie Française, de l'Académie Royale des Sciences & des Belles-Lettres de Prusse, & de la Société Royale de Londres, Auteur de l'*Esprit des Loix*, naquit au Château de la Brede près de Bordeaux le 18 Janvier 1689, d'une famille Noble de Guyenne. La France & l'Europe le perdirent le 10 Février 1755, à l'âge de 66 ans révolus.

TRADUZIONE

Del Ritratto precèdente.

I vezzi suoi la Dea, che io canto, ignora:
Voi, che siete con ella,
Dite le pur ch' è bella;
Dite le pur che ogn' atto disinvolto,
Dolce, semplice, e schietta,
Senz' arte o studio da natura ha tolto.

Tal gentil mammoletta
La fonte soprà i fior vergognosetta
Non alza, ma tra l'erbe si riposa,
Senza far dise pompa o starsi ascosa;
La senza gelosia
Finire i dì potria,
Se il caso non appella
L'occhio, ver lei di giovine o donzella.
MIREPOA ebbe dal cielo in sorte
Candor dolcezza e pace;
E fra tante sue doti altere e accorte
Sol d'esse si compiace;
Ne disdegno ardì mai collà suà face
Far onta al vago angelico sembiante,
Ma stassi rispettoso à lei d'avante.
Il suo spirto ha il calore
Del sol quando esce fuore;
Del suo tenero cuore
Imeneo sol favella,
Perde amor senza lei le sue quadrella.

Questa traduzione e sicuramente elegante è tersissima.

ADIEUX A GENES,

En 1738.

ADieu, Gênes déteſtable,
Adieu, ſéjour de Plutus ;
Si le Ciel m'eſt favorable,
Je ne vous reverrai plus.

Adieu Bourgeois & Nobleſſe,
Qui n'a pour toutes vertus
Qu'une inutile richeſſe ;
Je ne vous reverrai plus.

Adieu ſuperbes Palais,
Où l'ennui par préférence
A choiſi ſa réſidence ;
Je ne vous reverrai jamais.

Là, le Magiſtrat querelle
Et veut chaſſer les amans
Et ſe plaint que ſa chandelle
Brûle depuis trop long-tems.

Le vieux Noble, quel délice!
Voit ſon Page à demi nud,

Et jouit d'une avarice
Qui lui fait montrer le cul.

Vous entendez d'un jocriſſe
Qu'il ne dort ni nuit ni jour,
Qu'il a gagné la jauniſſe
Par l'excès de ſon amour.

Mais un vent plus favorable
A mes vœux vient ſe prêter;
Il n'eſt rien de comparable,
Au plaiſir de vous quitter.

Par le même.

Ces vers reſpirent un dépit bien naturel qui y jette des plaiſanteries heureuſes, l'indignation ſemble les avoir dictées & l'eſprit n'y être pour rien.

PORTRAIT DE MADAME DE....

SANS être belle elle rassemble
Les traits piquant de la beauté ;
Près d'elle on voit toujours ensemble
La décence & la volupté.

Est-elle blonde, est-elle brune ?
Voyez l'amour, vous le saurez ;
Toujours simple & jamais commune,
Elle a l'esprit que vous aurez. (1)

Frivole, enjouée & solide ;
On la voit dans le même jour
Manier le compas d'Euclide
Avec le hochet de l'Amour.

Les jeux & les graces naïves
Viennent folâtrer dans ses bras ;

---

(1) Ces deux Stances sont charmantes, ce ne sont point de ces fadeurs communes qui remplissent les portraits des Iris, Cloris, Philis, &c.

Heureuſes d'être ſes captives,
Les Muſes marchent ſur ſes pas.

Hébé lui prête ſon ſourire,
Et Flore ſa tendre langueur;
L'Amour ſur ſa bouche reſpire;
Puiſſe-t-il enflâmer ſon cœur!

Mais Aglaé, cette peinture
Laiſſe à peine entrevoir vos traits!
L'art du pinceau ne rend jamais
Tous les charmes de la nature.

Par M. DE L***.

Ces vers ne finiſſent pas auſſi heureuſement qu'ils commencent; mais il y a des choſes heureuſes, qui font l'éloge de la beauté qu'on y célebre & du Poëte qui la chante.

VERS

Pour une Dame qui était malade dans sa Terre, où l'Auteur avait fait la partie d'aller jouer la Comédie.

J'Ai rencontré les jeux, les plaisirs & les ris,
Qui las du sejour de Paris
Cherchaient partout un domicile ;
Je les ai conduits en ces lieux,
Vous voudrez bien, je crois, leur donner un asyle,
Et vous ne pouvez pas, Madame, faire mieux. [1]
C'est comme Médecin que je vous le conseille,
Votre santé m'est chere, & *sourdement* j'y veille ;
Je veux la rétablir au gré de mes desirs,
Sans vous donner jamais de drogues pour remede,
Je ne veux que les jeux, les ris & les plaisirs :
Que l'un à l'autre se succede,
Je réponds de votre santé.
Chaque Docteur a sa pratique,
Dont il est souvent entêté.
L'un donne des fondans, l'autre est pour l'émétique,

[1] Vers prosaïque.

Et moi j'ordonne la gaieté ;
C'est mon remede spécifique ,
Sur-tout pour les vapeurs , nous en avons ici :
Pour ces sortes de maux j'ai la main fort heureuse,
Sans vanité je puis dire ceci ,
On sait que j'ai guéri plus d'une vaporeuse , [2]
Et je puis bien encor le faire , Dieu-merci.
Suivez donc mes conseils ; recevez , je vous prie ,
Dans ce Château , les ris , les plaisirs & le jeux :
Ils vous doivent ce soir donner la Comédie ;
Qui plus est , je joue avec eux ,
Malgré mon âge mur , malgré mon caractère ;
J'en suis un peu honteux , à ne vous point mentir,
Mais n'importe , il n'est rien que je ne veuille faire
S'il s'agit de vous divertir.
En faveur du motif , censeurs faites-moi grace ,
Tout doit m'être permis en ce cas , & je crois
Qu'Hippocrate aujourd'hui , s'il était à ma place
En ferait tout autant que moi.
Je dois vous dire en confidence
Que nos Comédiens ne sont pas des meilleurs ,
C'est notre coup d'essai , la Piece & les Acteurs ,
Ont besoin de votre indulgence :

---

(2) Le Docteur avait la réputation de posséder un remede excellent pour ces sortes d'incommodités. Nous en appellons à ses malades.

Ecoutez-nous avec bonté
Notre projet peut être est téméraire,
Il est vrai, mais aussi cete témérité
Ne vient que du desir que l'on a de vous plaire.

Du Médecin PROCOPE.

Ces vers sont légers & faciles.

ÉPITRE

A M***.

C'Est sans doute un crime à mon âge
Que de dérober au plaisir
Les momens dont on peu jouir;
Il est toujours tems d'être sage.
Parmis les célestes présens,
Donnés à l'humaine faiblesse,
Il s'en trouve pour tous les tems;
Le plaisir est pour la jeunesse.
Des fiers disciples de Zenon,
Je plains le systême insipide;
Je n'ai point d'admiration
Pour une sagesse stupide.
Insensible aux coups du malheur,

Sur

Sur leurs pas affrontant l'orage,
Epictète rude & ſauvage,
Sans doute a cru voir le bonheur:
Mais Epicure eſt le ſeul ſage;
Il nous apprend l'art de jouir;
Pour être heureux il faut ſentir,
Et l'on ne ſent bien qu'à mon âge.
Le plaiſir eſt un beau moment;
L'Amour plait par ſon badinage,
Par ſes peines, par ſon tourment;
La raiſon, ce triſte préſent,
N'offre rien qui nous dédommage.
De deux inſtans que nous vivons,
La nature a fait le partage;
Tant qu'on peut jouir, jouiſſons:
Quand la vieilleſſe aux froids glaçons
Des plaiſirs interrompt l'uſage,
D'un autre Dieu prenons leçon;
Renonçons au doux badinage,
Pour le bon ſens & la raiſon.
La main de l'avare nature
Qui remplit nos cœurs de deſirs
Dans une inégale meſure
Nous diſtribua les plaiſirs:
En ce bas monde rien ne dure:
A l'été fier, à ſes chaleurs
Succède la triſte froidure,
Et le néant ſuccède aux fleurs.

Dans une létargie extrême
La terre entre & sort tour-à-tour ;
Nos plaisirs passeront de même
Et la sagesse aura son tour.

Par M. le Marquis de V....

Ces vers respirent une Philosophie aimable & un Epicurisme qui ferait bien des prosélites si pour être heureux & tranquile, il suffisait d'en prendre la résolution.

VERS

A MADEMOISELLE M** EAU,

Déguisée en Bergere dans un Bal où l'Auteur ne croyait pas la trouver.

QUELLE taille, quels yeux, que votre esprit m'attache !
Que vous faites valoir la danse où vous entrez ! [1]
Bergere, les appas que le masque nous cache,
Soutiennent-ils l'éclat de ceux que vous montrez.

(1) *Entre-t-on* dans une danse ?

Parlez, charmant objet, que faut-il que je fasse,
Pour que vous paraissiez sans ce masque jaloux?
M'accorderiez-vous cette grace
Si vous saviez ce que j'ai fait pour vous?
Je venais dans ces lieux l'ame toute remplie
Des traits de l'aimable M**eau;
En vous approchant je l'oublie,
Fit-on jamais sacrifice plus beau?
Non que je vous croye plus belle,
L'être autant, c'est assez, fût-on une immortelle.
A ce discours qui vous semble nouveau,
Pourquoi donc la quitter, me direz-vous peut-être?
Je ne sais; mais enfin je ne suis pas le maître
De ce penchant qui m'entraîne vers vous:
Souffrez, charmant objet, souffrez, belle inconnue
Qu'un tendre amant se jette à vos genoux...
Mais vous ôtez le masque...Ah! qui s'offre à ma vue?
Belle M**eau, c'est vous, ai-je pu l'ignorer!
Mon ame & les transports dont elle était émue,
Tout aurait dû m'en assurer.
Toujours constant pour la beauté que j'aime,
Quand je croyais brûler d'une infidelle ardeur,
Je la rendais rivale d'elle-même,
Et mes yeux me trompaient sans égarer mon
cœur.

Par M. de St. Foix.

Ces vers sont agréables : mais il n'y a personne qui

à cet instinct invincible qui a rapproché l'Auteur, de l'aimable M** eau ne devine tout d'un coup qu'elle est la Beauté que cache le masque jaloux.

VERS

Qu'on pourrait mettre au bas du Portrait de M. DE SAINT-FOIX.

FACILE, varié, maître dans l'art de plaire,
Habile à réunir un double caractère,
Il joignit l'énergie au plus vif agrément;
Sa plume délicate & sûre,
Est le pinceau de la nature,
Et l'organe du sentiment.

Par M. de la DIXMERIE.

Ce Portrait est très-ressemblant sans être flatté.

LA FEMME DU MONDE,

CHANSON.

Air : *Du Vaudeville du Maréchal.*

LA jeune Elvire à quatorze ans
Livrée à des goûts innocens,
Voit ſans en deviner l'uſage
Eclore ſes appas naiſſans :
Mais l'Amour effleurant ſes ſens
Lui dérobe un premier hommage,
Un ſoupir
Vient d'ouvrir
Au plaiſir
Le paſſage ;
Un ſonge a percé le nuage.

Lindor épris de ſa beauté
Se déclare, il eſt écouté ;
D'un ſonge, d'une vive image
Lindor eſt la réalité.
Le ſein d'Elvire eſt agité,
Le trouble a couvert ſon viſage :

Quel moment!
Si l'amant,
Plus ardent,
A cet âge,
Pouvait hazarder davantage!

✕

Mais quel trouble vient la saisir.
Cet objet d'un premier desir,
Qu'avec rougeur elle envisage,
Est l'époux qu'on doit lui choisir:
On les unit, Dieux! quel plaisir!
Elvire en fournit plus d'un gage;
Les ardeurs,
Les langueurs,
Les fureurs,
Tout présage,
Qu'on veut un époux sans partage.

✕

Dans le monde un essain flatteur
Vivement agite son cœur,
Lindor est devenu volage
Il a méconnu son bonheur.
Elvire a fait choix d'un vengeur,
Il la prévient, il l'encourage;
Vengez-vous,

Il eſt doux,
Quand l'époux,
Se dégage,
Qu'un amant répare l'outrage.

✻

Voilà l'outrage réparé,
Son cœur n'eſt que plus altéré;
Des plaiſirs le fréquent uſage,
Rend ſon deſir immodéré;
Son regard fixe & déclaré
A tout amant tient ce langage,
Dès ce ſoir,
Si l'eſpoir,
De m'avoir,
Vous engage,
Venez, je reçois votre hommage.

✻

Elle épuiſe tous les excès,
Mais au milieu de ſes ſuccès,
L'époux meurt, & pour héritage
Laiſſe des dettes, des procès;
Un vieux traitant demande accès,
L'or accompagne ſon meſſage,
Ce coup d'œil
Eſt l'écueil,
Où l'orgueil,
Fait naufrage,
Un écrain conſomme l'ouvrage.

Dans le fatal abus du tems
Elle a consumé son printems :
La coquette d'un certain âge
N'a plus d'amis, n'a plus d'amans ;
Envain de quelques jeunes gens
Elle ébauche l'apprentissage,
Tout est dit,
L'Amour fuit.
On en rit,
Quel dommage!
Elvire il fallait être sage !

Par M. de BEAUMARCHAIS.

Cette Chanson est déjà connue, mais on ne l'a pas encore vu insérée dans aucun Recueil, c'est ce qui nous a engagé de la transcrire ici. Elle mérite de ne pas être oubliée. Elle joint l'utilité de la morale à l'agrément du style, & on ne sent point en la lisant, la peine qu'elle a dû coûter à l'Auteur. C'est le tableau de bien des femmes d'aujourd'hui, & il en est beaucoup à qui on pourrait dire :

Quel dommage !
Elvire, il fallait être sage !

ÉPITRE
A MADAME Q......

QUE vos destins, Madame, sont changés!
Où sont ces tems qu'une toile grossiere
Couvrait toujours vos appas négligés?
Lorsqu'au village où *vous n'étiez pas fiere*, [1]
On vous voyait tous les jours en chantant,
Laver les plats où râsait votre *pere*.
Puis parvenue à cet âge inconstant,
Où le cœur s'ouvre au doux desir de plaire,
On vous a vue honnête chambriere,
Compter la peine & les dégoûts pour rien,
Offrir l'éponge ou la cuvette, ou bien
Un vase fait de forme singuliere, [2]
Et si petit que l'on croit qu'il l'était,
Plus que la chose à laquelle il servait: [3]
Madame, alors *vous n'étiez pas si vaine*; [4]

---

[1] Cheville.

[2] Image qui n'est pas noble.

[3] Vers trop libres.

(4) *Vous n'étiez pas fiere* : *vous n'étiez pas si vaine* ; répétition.

Vous n'aviez pas ces flambeaux gaudronnés,
Ni du Japon, la belle porcelaine,
Ni tous ces plats par Germain façonnés;
Effets brillans que vous vantez sans cesse,
Que du buffet d'un certain Président,
On vit passer par quelques tours d'adresse,
Sur le buffet de Monsieur l'Intendant,
Et dont bientôt l'Amour vous fit maitresse.
Vous n'aviez pas de ces jolis boudoirs,
Trône des Arts, où le Dieu de Cythère
Parmi les fleurs, vous place tous les soirs
Sur un sopha que couvre le mystère.
Parmi les biens vous semblez oublier
Que votre *pere*, au fond de sa Province
S'en va mangeant dans l'argile grossier,
Boit dans l'étain que sa fille lui rince.
J'aimerais mieux les mets servis sans choix
Et sans apprêts sur sa table frugale,
Que ces repas où votre luxe étale
L'oiseau du Phase, ou la poule des bois.
Sous son toît simple habite l'allégresse;
Et j'y verrais Javote votre sœur,
Que du genou je presserais sans cesse,
A mes desirs sourire avec douceur.
J'estime mieux cette pauvre Javote
De sa famille honorable soutien,
Qui va traînant ses patins dans la crotte,
Simple en ses mœurs, modeste en son maintien,

Qui n'a point d'art, & dont la main légere
Pétrit le pain qui nourrit son vieux *pere*; [5]
Conduit aux champs le veau qu'elle a sevré;
Tond ses moutons, & coule dans l'argile
Ce lait si doux qu'elle-même a tiré
Des pis pressés d'une vache fertile.
Négligeamment, le sein paré de fleurs,
En tablier, en corset, en cornette,
De la nature empruntant ses couleurs,
Javote n'est qu'une simple grisette,
Que votre orgueil regarde avec mépris;
Des diamans ne couvrent point sa tête,
Et du carmin elle ignore le prix:
Mais j'aime mieux quand son ame est honnête
Grisette aux champs que bégueule à Paris.

Par M. LEGIER.

Cette Epître est évidemment calquée sur cette fameuse Epître de M. de *Voltaire*, connue sous le nom des *Tu* & *Vous*. C'est le même plan, les mêmes idées, la seule différence est que l'une est en vers de huit syllabes & l'autre en vers de dix.

---

(5) Voilà *un pere* qui revient toujours.

ÉPITRE

AU PREVOST DES MARCHANDS.

VOYEZ, Monsieur ce que c'est que le monde,
Que je le hais ! qu'en malice il abonde !
Ce qui, le plus, excite mon courroux,
De mon bonheur, c'est qu'il est si jaloux,
(Jaloux hélas! j'en fremis quand j'y pensë) [1]
Qu'il veut encor rogner sur ma pitance,
A moi chetif qui n'ai pour revenus,
Tout bien compté, que *cent moins quatre écus.*
Pour un rimeur la somme n'est pas mince,
Je le sais, & je vivrais comme un Prince; [2]
Si l'on voulait ne rien prendre dessus
Et me laisser mes *cent moins quatre écus.*
Ces écus là je les divise en douze,
C'est huit par mois, dont, si je ne me blouze [3]
Après avoir acquitté mon loyer,
Mon blanchisseur, l'auberge & le barbier,

(1) Cheville.

(2) Mauvaise césure.

(3) Hémistiche pour la rime.

Sans faire un sol de dépense frivole
Il ne saurait me rester une obole ;
Ou si l'on croit qu'il en puisse rester,
Je ne suis pas un homme à contester,
Que l'on me trouve une honnête personne
Qui me défraye & pour lors j'abandonne
A qui voudra mes *cent moins quatre écus.*

Du revenu je consens qu'il profite :
Mais quel mortel, fut-ce un autre stylite,
Mangeant pour vivre, & vivant de fruits cruds ;
Vivrait à moins de *cent moins quatre écus.*
Et cependant certain Monsieur Cozette,
Homme zèlé, sur-tout pour la recette,
Veut qu'aujourd'hui plus sobre qu'un reclus,
Je vive à moins de *cent moins quatre écus.*

Ce beau Monsieur dont le Ciel me délivre,
Veut que je paye onze fois une livre,
C'est onze francs, ou Barrême est un sot.
Or avec quoi ? car enfin de mon lot
Tout calcul fait, il est clair qu'il ne reste
A moi rimeur, pas la valeur d'un zeste ;
Et pour quiconque entend le numero [4]
Un zeste vaut à-peu-prés un zero.

---

(4) On entend l'Arithmétique, mais que veut dire entendre le *Numero* ?

Pourquoi me faire une taxe si forte?
Mais après tout, dans le fond que m'importe?
La taxe n'est que pour qui peut payer;
Et par bonheur, n'ayant sol ni denier,
Point de maison, de contrat, ni de rente,
Point d'autre effet qu'une table pliante,
Une escabelle avec un vieux habit,
Quelques bouquins dont le bord se moisit,
Je ne crains point qu'un Suisse à large échine
Vienne en jurant m'effrayer de sa mine,
Boire mon vin, dépenser mon argent,
Ni démeubler mon riche appartement.
Grace à Phébus, je suis logé sans faste,
Dans un recoin qui n'est ni beau ni vaste;
Force papiers pour moi seuls précieux,
Dont les Sergens ne sont point envieux;
Voilà de quoi *notre* tenture est faite: (5)
Avec cela, sans ce Monsieur Cozette,
J'aurais vêcu plus content qu'un Crésus
En dépensant mes *cent moins quatre écus*.

Peut-être aussi qu'à cause de l'étage,
Ce Receveur a cru qu'il était sage
De me taxer suivant mon escalier?
Mais le troisieme est chez moi le dernier.
Comment, Monsieur, sera-ce donc ma faute

---

(5) Pourquoi *notre* après avoir mis partout le singulier?

Si la maison n'est pas un peu plus haute?
En cas pareil si pour ne rien payer,
Il ne fallait que loger au grenier,
J'y logerais..... Mais ce Monsieur Cozette
Dans un grenier taxerait un Poëte.
Delivrez-moi, Monsieur, par charité,
Du Receveur qui m'a si mal traité.
Onze francs! moi! j'en suis tout immobile,
Autant vaudrait qu'on eut mis onze mille.
Pour abréger, sans façon rayez-moi
De son registre; ou si je dois au Roi
Quelque tribut, Monsieur; taxez ma veine
A tant de vers qu'il vous plaira; sans peine
Je rimerai pour chanter ses vertus,
Mais laissez-moi mes *cent moins quatre écus*.

Par M. Roger.

Ces vers ont une tournure & une singularité piquante; ils ont déjà paru dans les Journaux Anglais & Hollandais, mais nous avons crû qu'on ne serait pas fâché de les retrouver ici, où d'ailleurs ils sont plus corrects.

LES DEUX AMOURS.

QUOIQU'AUSSI fou qu'en amour on peut l'être,
Quand on n'eſt pas en effet libertin,
Malgré cela, l'Amour m'a fait connaître
Que ſur l'eſtime il fonde ſon deſtin.
Plaiſirs groſſiers ſont de peu de durée,
Pourquoi ? C'eſt qu'ils ne vont pas juſqu'au cœur. [1]
L'Amour durable a l'ame timorée [2]
L'Amour qui fuit, permet tout ſans pudeur.
J'aimais Cloris, tendre quoique novice;
Son cœur ému dirigeait ſon eſprit,
Ou ſon eſprit adroit ſans artifice
Empêchait que ſon cœur trop-tôt ne la ſurprît;
Un doux baiſer refuſé ſans colere
En deſirant me rendait ſatisfait,
Entreprendre au-delà, c'eut été lui déplaire,
J'étais content d'un plaiſir imparfait.
Tout eſt changé, Cloris vive & coquette

(1) Mauvaiſe céſure, mais penſée bien ſentie.

(2) Dit-on que l'Amour a une ame & une *ame timorée* ?

Ne m'a laissé de ma simple Cloris
Que les attraits, encor à sa toilette
Elle en ternit les roses & les lys;
Propos joyeux & leger badinage
A son esprit donnent un vif essor;
On me permet de cesser d'être sage,
Ce que je veux, je l'obtiens sans effort,
Je suis heureux & je ne sais si j'aime;
Cloris coquette enchante mes esprits,
Mais pour mon cœur, ah! qu'il n'est plus le même!
Du changement j'ai lieu d'être surpris.
Oh! ma simple Cloris qu'êtes vous devenue?
Vous m'avez du plaisir trop permis le chemin;
Reprenez, s'il se peut votre fierté perdue,
J'avais plus de plaisir à vous baiser la main.

Par M. De Moissy.

Ces vers partent d'une ame délicate & tendre, le dernier surtout est une vérité de sentiment que tout le monde n'appréciera pas, mais qui sera applaudie par ceux qui ont aimé, c'est-à-dire aimé sincerement.

On y reconnait aisément l'Auteur de la *Nouvelle Ecole des Femmes*, Piece charmante & d'un genre très-noble, avant qu'on l'eût remise en Ariettes. Nous ne concevons pas comment M. de *Moissy* a pû sacrifier à la mode au point d'avilir son ouvrage en lui faisant endosser la livrée de l'Opera-Comique. Cette Comédie a beaucoup perdu à son changement d'état. On a cependant avec plaisir l'Ariette : *Le Dieu d'Amour a deux carquois*, &c.

COUPLETS.

L'AMOUR.

QUE la nature eſt belle quand on aime !
Que ſes tableaux ſont raviſſans !
Tout y nourrit notre tendreſſe extrême,
Tout paraît fait pour les amans.

Ces beaux gâſons, cette verte prairie
Fixent nos pas & nos deſirs :
L'ombre d'un arbre, une épine fleurie,
Sont des rideaux pour les plaiſirs.

Une fleurette, une roſe naiſſante
Que l'Amour cueille en ſoupirant,
Sont des préſens que le ſein d'une amante
Doit recevoir de ſon amant.

UNE NIMPHE.

Que la nature eſt belle quand on aime !
Que ſes tableaux ſont ſéduiſans !
Une fleur que l'Amour offre lui-même, (1)
Eſt la couronne des amans.

---

(1) Mauvaiſe céſure.

Cette onde pure en sa course paisible
Invite un cœur à soupirer :
C'est un miroir où l'amante sensible
Pour son amant vient se parer.

✻

Si quelque bruit dans un riant bocage,
Vient distraire un couple amoureux ;
C'est le doux chant, c'est le tendre ramage
De deux oiseaux qui sont heureux.

Par M. Rochon de Chabanes.

Ces Couplets sont tirés d'*Hilas* & *Silvie*.

L'ART D'AIMER,

A MADAME ***,

L'Amour veut un culte suprême,
Il veut dominer seul sur ses adorateurs ;
Les autres passions l'énervent à l'extrême ;
Il faut n'obéir qu'à lui-même
Si l'on veut ressentir ses plus vives faveurs.
Que d'amans sont souvent vainqueurs,
Sans jouir comme il faut, sans savoir comme on aime !

Hélas ! l'Amour dans plus d'un cœur
Eſt moins ſentiment que fureur ! (1)

Envain l'aimable & tendre Ovide
Inſtruit par les Amours a fait un art d'aimer ;
De ce livre charmant tout le monde eſt avide :
Mais c'eſt moins pour trouver un guide
Que pour voir des portraits qui peuvent enflammer. (2)
Ses leçons ſur l'art de charmer
Au commun des humains n'offre rien de ſolide.
Hélas ! l'Amour dans plus d'un cœur
Eſt moins ſentiment que fureur. (3)

Souvent l'amant le plus vulgaire
Attrape le maintien d'un amant délicat ;
Langage, ardeurs, ſoupirs, il ſait tout contrefaire.
Beau ſexe, il veut ſe ſatisfaire,
Craignez de ſuccomber, vous feriez un ingrat :
Des ſermens, faites peu d'état :
Etudiez long-tems l'amant qui veut vous plaire.

---

[1] Vers bien vrai.

(2) Réflexion juſte.

(3) Ce refrain eſt-il auſſi heureux ici qu'à l'autre Stance ?

Hélas ! l'Amour dans plus d'un cœur
Eſt moins ſentiment que fureur !

Vous le ſavez, belle Silvie,
Tout reſpire dans moi l'aimable volupté ;
D'une conſtante ardeur, ma tendreſſe eſt ſuivie ;
J'aime uniquement dans la vie
Le ſentiment, l'eſprit, les graces, la beauté.
Puiſſai-je enfin être imité !
Mon ame à découvert ferait peut-être envie.
Hélas ! l'Amour dans plus d'un cœur
Eſt moins ſentiment que fureur ! (4)

Ces vers reſpirent une douceur & une amenité dont le ſentiment eſt ſeul capable.

(4) Ce refrain n'eſt point lié au reſte de la Stance.

VERS

A MADAME DE P....

Sur son envie de connaître l'Auteur dont elle avait vu le nom dans un Journal.

NE cherchez point à le connaître,
Marquise, cet individu,
Dont le nom vous a dû paraître
Celui d'un rimeur peu connu ;
Loin de Paris il est tranquile,
Content, ignoré, sans ennui :
Le sein d'un pere est son asyle,
De sa vieillesse il est l'appui ;
Après Barthole il prend Virgile,
Passe du plaisant à l'utile,
Et rit des sotises d'autrui.

S'il a quelquefois la manie
D'importuner le Dieu des Vers,
D'un rien, d'un mot, d'une saillie,
Égayant sa Philosophie,
Il contente ses goûts divers.
Sans soins, sans soucis & *sans femme*,

Ses jours ſont ſereins, innocens;
Un Madrigal, une Epigramme
Sont ſes plaiſirs & ſes enfans.

Lorſque des bouffons de *la Creuſe*,
La troupe comique & nombreuſe
Vous exprimait le ſentiment
Que lui dictait votre préſence,
Votre inconnu dans ce moment, (1)
Jaloux d'entrer en concurrence,
Eût haſardé ſon compliment;
Mais il a gardé le ſilence,
C'était pour lui le bon parti; [2]
Daignant agréer ſon hommage,
Et voulant voir le perſonnage,
Son amour propre en eût pâti;
Aux yeux du Sexe pour paraître,
Il n'eſt pas ce qu'il faudrait être,
Il n'eſt ni bien fait ni joli.
Mais ſi malgré cette peinture, [3]

---

[1] Tournure proſaïque.

(2) Vers proſaïque & inutile.

[3] Peut-on appeller un ſeul vers, *une peinture*?

Il peut de vous être accueilli,
Sur les défauts de sa figure,
Dès-lors vengé de la Nature,
Il met tous ses torts en oubli.

Par M. DAREAU, *à Guéret, dans la Marche.*

La fin de ces vers est très-flateuse & la totalité en est facile. Un peu plus de soin & d'étude en eût fait une Piece charmante,

LES TROIS EMPEREUR

EN SORBONNE.

EXTRAIT.

L'HÉRITIER de BRUNSWICK & le Roi des Danois
Vous le savez, amis, ne sont pas les seuls Princes
Qu'un desir curieux mena dans nos Provinces,
Et qui des bons esprits ont réuni les voix.
Nous avons vû Trajan, Titus & Marc-Aurele
Quitter le beau séjour de la gloire immortelle
Pour venir en secret s'amuser dans Paris.
Quelque bien qu'on puisse être on veut chang
de place;

C'

C'eſt pourquoi les Anglais ſortent de leur pays,
L'eſprit eſt inquiet, l'eſprit de tout ſe laſſe,
Souvent un bienheureux ſ'ennuye en......

Le Trio d'Empereurs arrivé dans la Ville,
Loin du monde & du bruit choiſit ſon domicile,
Sous un toît écarté, dans le fonds d'un Fauxbourg.
Ils évitaient l'éclat (les vrais Grands le dédaignent,)
Les Galans de la Cour & les Beautés qui regnent,
Tous les gens du bel air ignoraient leur ſéjour:
A de ſemblables Saints il ne faut que des Sages;
Il n'en eſt point en foule, on en trouve pourtant;
Gens inſtruits & profonds, qui n'ont rien de pédant,
Qui ne prétendent point être des perſonnages,
Qui des ſots préjugés paiſiblement vainqueurs,
D'un regard indulgent contemplent nos erreurs,
Qui ſans craindre la mort ſavent goûter la vie,
Qui ne s'appellent pas *la bonne compagnie*,
Qui la ſont en effet: [1] leur eſprit & leurs mœurs
Réuſſirent beaucoup chez les trois Empereurs.

A leur petit couvert chaque jour ils ſouperent,

---

(1) Ce ſont effectivement deux choſes bien différentes.

Moins ils cherchaient l'esprit & plus ils en montrerent ;
Tous, chacun l'un de l'autre, ils étaient bien surpris,
D'être sur tous les points, toujours du même avis.
Ils ne perdirent point leurs momens en visite,
Mais on les rencontrait aux arcenaux de Mars,
Chez CLIO, chez MINERVE, aux atteliers des Arts;
Ils les encourageaient en pesant leur mérite.
On conduisit bien-tôt nos nouveaux curieux
Aux chef-d'œuvres brillans d'ANDROMAQUE & d'ARMIDE,
Qu'ils préféraient aux jeux du Cirque & de l'Elide;
Le plaisir de l'esprit passe celui des yeux (2).
D'un plaisir différent nos trois Césars jouirent,
Lorsqu'à l'Observatoire un verre industrieux
Leur fit envisager la structure des Cieux,
Des Cieux qu'ils habitaient, & dont ils descendirent.
De-là, près de ce pont, que bâtit autrefois
Le plus grand des HENRIS, disons même des Rois;
MARC-AURELE apperçut le bronze qu'on révere;
Ce Prince, ce Héros célébré tant de fois,

[2] Vers charmant & de la vérité duquel les gens d'esprit conviendront.

Des Français inconſtans le Vainqueur & le Pere.
» Le voilà, diſaient-ils, nous le connaiſſons tous,
». . . . .
Un des Sages leur dit, vous ſavez ſon hiſtoire,
On adore aujourd'hui ſa valeur, ſa bonté,
Et quand il fut au monde il fut perſécuté.
B** même aujourd'hui lui conteſte ſa gloire.
Pour dompter la critique on dit qu'il faut mourir,
On ſe trompe, & ſa dent qui ne peut s'aſſouvir,
Juſques dans le tombeau pourſuis notre mémoire.
Après ce monument ſi grand, ſi précieux,
A leurs regards divins, ſi digne de paraître,
Sur de moindres objets ils baiſſerent les yeux;
Ils voulurent enfin tout voir & tout connaître,
Les Boulevards, la Foire & l'Opera bouffon,
L'Ecole où Loyola corrompit la raiſon,
Les quatre Facultés, juſques à la Sorbonne.

Ils entrent dans l'*Ecole* où les Docteurs fourrés
Expliquaient Saint Thomas & prenaient leurs
dégrés.
Au ſéjour de l'*Ergò*, ... en perſonne
Eſtropiait alors un diſcours en latin.
Quel latin, juſte Ciel! les Héros de l'Empire
Se mordaient les cinq doigts, pour s'empêcher
de rire:
Mais ils ne rirent plus, *&c. &c. &c.*

Nous sommes très-fâchés de ne pouvoir rapporter ici le reste de cette Piéce, on y verrait des vers délicieux, tels que celui-ci:

Ce coquin de Titus, *l'amour du genre humain.*

Et ces deux autres :

Mon Dieu, disait Titus, *ce Monsieur* . . . . .
Pour un Docteur Français me paraît bien grossier.

Nous n'avons pas besoin de dire que cette Piece est de M. DE VOLTAIRE. On connait assez sa maniere & ce style toujours gai & léger dont ce vieillard pourrait donner leçon à tous nos jeunes gens.

LES VOLCANS,

ODE

Qui a remporté le Prix de l'Académie de Marseille, le 25 Août 1769.

Ingens terrarum portentum. Plin.

PARTHENOPE (*) régnait sur une mer tranquile:
D'innombrables cités dans sa plaine fertile,
S'élevaient autour d'elle & composaient sa cour!
Virgile avait chanté sur ces rives fleuries, (1)
Lavinie & *Didon*, les champs & les prairies,
Les Bergers & l'Amour.

❀

Le crime était puni; la terre était vengée;
Des *Caïus*, des *Nérons* heureusement purgée,
Rome voyait les Loix triompher à leur tour.
Titus, *Titus* régnait sur Rome & sur lui-même;

[*] Naples.

(1) *Illo Virgilium me tempore dulcis alebat Parthenope.*

Titus, l'amour du Ciel, dans la grandeur ſuprême
N'avait perdu qu'un jour. (2)

Aſſuré des bienfaits d'un Prince qu'il adore,
Le Laboureur joyeux a ſalué l'Aurore ;
L'Eſpérance & l'Amour brillaient dans tous les yeux.
Heureux qui ſervira le Prince & ſa Patrie !
Tout aimait, tout chantait ; la Nature attendrie
Remerciait les Dieux.

Ciel !..... ô Ciel ! quels torrens de cendre & de fumée !
Le *Véſuve* en fureur, de ſa cime enflammée,
Vomit des rocs brûlans & des métaux fondus ;
La lave roule au loin, juſqu'aux mers écumantes ;
Herculane eſt couvert de ces maſſes fumantes ;
Pompeïa n'eſt plus.

Le Soleil eſt éteint, les feux de ce tonnerre
Ont ſeul droit d'éclairer & d'embrâſer la terre.
A cette lueur ſombre, à ces longs tremblemens,
Neptune avec effroi s'élançant du rivage,
Court aux bords Affricains annoncer ce ravage
Par des mugiſſemens.

---

(2) Cette coupe de vers eſt heureuſe & produit une harmonie dans cet endroit qui flatte l'oreille & le cœur.

Le choc des Elémens a brisé ces montages,
La solfatare ardente a brûlé ces campagnes,
Ces pins sont arrachés, ces murs sont renversés;
Tous les vents échappés de leurs grottes profondes,
De cent vaisseaux épars ont semé sur les ondes
Les débris fracassés.

O terreur! ô vengeance! ô dévorans abîmes!
Épargnez l'innocent, choisissez vos victimes;
Corrigez l'Univers par ces calamités;
Ecrasez ce brigand qui désole la terre,
Ce Sibarite affreux qui commande la guerre,
Du sein des voluptés.

Non: réservez plutôt pour l'injuste & l'impie,
Le tourment de survivre à leur triste patrie,
A leur Pere, à leur Fille, à l'Hymen, à l'Amour,
A tous ces nœuds charmans qui consolent nos ames.
O mort! ô paix profonde! heureux qui dans ces flammes,
N'a perdu que le jour!

L'une auprès d'un fils mort tombe désespérée:
L'autre appelle en tremblant sa famille égarée;
Il hésite, il frissonne, il veut fuir, il revient;
De sa chaumiere à peine il reconnait la place;

De ces bords abîmés l'épouvante le chasse,
Et l'amour l'y retient. [3]

La mort produit la mort. La famine & la peste
Vont de ces malheureux consumer ce qui reste :
Des cadavres pressés l'horrible exhalaison,
L'air infecté partout d'une vapeur mortelle,
Un Ciel impitoyable, une Terre infidelle
N'ont plus que du poison.

Dieux ! où fuir ? tout éprouve ou tout craint sa ruine ;
Les gouffres sont ouverts de Lisbonne à la Chine ;
L'effroi d'un vol léger parcourt tous les climats ;
La terre a ses fléaux, la mer a ses tempêtes ;
Le danger est partout ; *la foudre est sur nos têtes,*
L'abîme est sous nos pas.

Le Midi trop souvent de ces tristes lumieres,
Voit briller au Pérou le front des Cordillieres ; [*]
Il voit le Callao tomber avec Lima :
Et des antres du Nord une flamme cruelle
Sillonne en mugissant cette glace éternelle,
Qui couronne l'Hécla.

---

(3) Tableau attendrissant, bien senti & bien fait.

(*) Les Cordillieres, Montagnes du Pérou.

Si sous un Ciel plus doux je cherche un bord
tranquille, [4]
Théocrite me guide aux champs de la Sicile ;
Aux sources d'Aréthuse, aux beaux vallons d'Enna;
Tout rit à mes regards dans cet asyle aimable;
Mais *Typhon* y frémit & sa rage indomptable
Y souleve l'Ethna.

❀

La Nature en courroux n'étonne pas le vice.
Voyez dans ces Volcans l'intrépide avarice,
D'une ardeur téméraire aller tenter le sort.
Des Citoyens pillaient Lisbonne chancelante,
L'intérêt demandait à la terre tremblante,
La fortune ou la mort.

❀

Que dis-je! ..... ô guerre! ô honte! ô barbare
industrie!
Les Volcans ont servi d'exemple à ta furie,
La race humaine habite au milieu des horreurs;
Elle a multiplié ses malheurs par ses crimes.
Tombez, monstres, tombez exécrables victimes
De vos propres fureurs.

❀

Ah! ne maudissons point nos amis & nos freres;
Déplorons ces fureurs à leur ame étrangeres.

(4) Consonance désagréable.

Non, malheureux humains! je ne puis vous haïr:
Cessez de vous détruire & même de vous craindre;
Laissez-moi vous aimer, vous consoler, vous
plaindre,
Laissez-moi vous servir.

Venez; que nos besoins, que nos maux nous
unissent;
Que de l'humanité tous les vœux s'accomplissent;
Que l'amour & la paix viennent tout ranimer;
Jurons par nos malheurs, par ces fléaux terribles,
Jurons d'être à jamais bienfaisans & paisibles,
Jurons de nous aimer.

Par M. Gaillard, *de l'Académie des Inscriptions & Belles-Lettres.*

On n'est pas étonné de voir le prix adjugé à cette Ode. S'il y en avait encor un pour le sentiment, M. Gaillard serait couronné. Ces vers font l'éloge de son cœur & de son esprit. La fin est dictée par l'humanité & la Philosophie la plus douce. On y trouve des strophes qu'on ne peut lire qu'avec les larmes aux yeux.

LE PRINTEMS.

Traduit de l'Italien de MÉTASTASE.

LE Ciel se colore
D'un éclat nouveau,
L'Amour à l'Aurore
Prête son flambeau,
La timide Flore,
Sortant du tombeau,
Au Dieu qui l'adore,
Revient sans bandeau
Se livrer encore.
L'air moins attristé,
Déjà la Nature
Reprend sa fierté,
Les bois, leur parure,
Les prés, leur verdure;
Les fleurs, leur beauté;
Et mon cœur trop tendre,
Toujours agité,
Seul ne peut reprendre
Sa tranquillité [1];

(1) Vers doux & faciles.

Les Tyrans du monde
Sont dans leurs priſons,
Phébus ſur les monts,
Rompant des glaçons
La maſſe profonde,
Vient dans nos vallons,
De cette eau féconde,
Murir nos moiſſons.
Ce ruiſſeau qui file
Entre ces cailloux,
Prête à cet aſyle
Un charme plus doux;
Son onde groſſie,
Emaillant ſes bords,
Fait de la prairie
Germer les tréſors:
Ces chênes ſauvages,
Qui, dans nos deſerts,
Ont de cent hyvers
Bravé les outrages,
Vainqueurs des orages,
Sont débarraſſés
Des liens glacés,
Dont tous leurs branchages
Etaient enlacés.
Partout vont éclore
Les bouquets dont Flore

Se plaît à s'orner,
Que la faux encore
N'a pu profaner.
La ſage hirondelle,
Qui craint les hivers,
A paſſé les mers,
Et revient fidelle,
Du fond des deſerts,
Voir ces lieux ſi chers
Où l'amour l'appelle.
Trop funeſte erreur!
Le jour qui fait naître
L'eſpoir du bonheur
Pour elle eſt peut-être
Un jour de douleur.
Le plaiſir t'entraîne,
Malheureuſe, *hélas*!
Et tu ne vois pas
Ta perte certaine.
Là, chaque matin,
Le cœur moins ſévere,
Le front plus ſerein,
La jeune Bergere,
Sur les bords heureux
De cette onde pure,
De ſa chevelure
Vient treſſer les nœuds.

De leur bergerie
Sortent les troupeaux;
Sur l'herbe fleurie
Sautent les agneaux;
Le Pêcheur avide
A quitté ſes toits,
Et l'homme intrépide,
Errant à ſon choix,
Du Dieu qui le guide
Suit enfin la voix.
Le Nocher qui brave
Les *maux* & la mort;
Gémit d'être eſclave
Des *maux* & du ſort.
Jouet de l'orage,
En vain le naufrage
L'a remis au port,
De l'humide plaine,
Voyant le repos,
Il vole des flots
Affronter la haîne,
Et l'attente vaine
D'un doux avenir,
Bannit de ſa peine
Juſqu'au ſouvenir. [2]

---

[2] Vers heureux.

Tout vit, tout respire
En ce nouveau jour;
L'Univers soupire
Et nait pour l'amour.
Toi, Philis, paisible,
Tu reste insensible
Pour ce Dieu charmant;
Ton cœur inflexible
Rit de mon tourment:
Les maux que j'endure,
Te paraissent doux,
Et c'est de tes coups
Que vient ma blessure.
Si de mes liens
J'adoucis la gêne,
Si je romps la chaîne
Où tu me retiens,
La Nature entiere
Tombera sur moi,
Avant que pour toi
Brûle un cœur sincere,
Dont ton ame altiere
Dédaigne la foi.
Dans l'ardeur secrette
Que tu m'inspirais,
Cent fois ma muïette
Chanta tes attraits.

Dans cette retraite,
J'ai gravé ton nom,
L'écho le répete
D'après m'a chanſon;
Mais ſi de ma flamme
Ta haîne eſt le prix;
J'inſtruïrai mon ame, [3]
A fuir tes mépris;
Chaque jour, rebelle,
Tu veux m'outrager,
Tu verras, cruelle,
Si le cœur fidele
Sait bien ſe venger.
Que dis-je, pardonne
Mon égarement :
Les noms qu'à préſent
Ma fureur te donne,
Mon cœur les dément.
Mes pleurs, mon martyre,
Le vœu que j'ai fait,
Sont de mon délire
La preuve & l'effet.
S'ils peuvent te plaire,
Accepte mes vœux;

(3) Dit-on *inſtruire ſon ame*?

Ou bien ſois ſévere ;
Toujours malheureux,
Je ſerai fidele,
Et pour mon ardeur,
Senſible ou cruelle,
Tu ſeras, ma Belle,
L'ame de mon cœur.

Nous ne pouvions pas mieux placer cette riante & douce image du Printems qu'après le tableau majeſtueux & terrible des Volcans. Elle forme un parfait contraſte avec l'autre. Cette traduction eſt d'un jeune Poëte qui ſe fait un amuſement du talent des vers. On y trouve de la facilité & des choſes heureuſes ; peut-être y deſirerait-on plus de travail & de recherches.

HYMNE
AU BAISER.

DON céleste, volupté pure,
De l'Univers, moteur secret,
Doux aiguillon de la nature,
Et son plus invincible attrait;
Eclair, qui, brûlant ce qu'il touche,
Par l'heureux signal de la bouche,
Avertit tous les autres sens;
Viens jouer autour de ma Lyre;
Qu'on reconnaisse ton délire
A la chaleur de mes accens.

Tu vas sur tes sujets fidèles
Dispersant des flèches de feu;
Tu nourris de tes étincelles
Le flambeau de l'aveugle Dieu.
Sans toi que serait le bel âge?
Il t'offre son premier hommage,
Il s'éclaire de tes rayons;
Et des desirs hâtant l'ivresse,
Sur les levres de la jeunesse
Tu fais tes plus douces moissons.

Loin de l'œil éclatant du monde,
Combien d'Etres infortunés,
Dans une obſcurité profonde,
A gémir ſemblent condamnés!
Pour eux Zéphir eſt ſans haleine;
Les épis qui dorent la plaine,
Rarement muriſſent pour eux;
Toi ſeul les retiens à la terre,
Et même au ſein de leur miſère,
Tu leur apprens l'art d'être heureux. (1)

❀

La fleur qui pare nos prairies,
Te doit ſon luſtre & ſon odeur. (2)
Ces arbriſſeaux que tu maries,
Sont tous éclos de ta chaleur.

---

[1] Comment eſt-il de volupté pour ces gens privés de la liberté, pour qui Zéphir eſt ſans haleine & qui voient rarement murir les épis. Privés de tous les droits de la Nature & des plaiſirs qu'elle donne, où eſt leur conſolation?

[2] Eſt-ce à la Volupté ou au Baiſer que ceci eſt adreſſé? Si c'eſt à la Volupté, quel luſtre & quelle odeur donne-t-elle aux fleurs? Si c'eſt au Baiſer, de quelle bouche le reçoivent-elles?

Ces ruiſſeaux fuyans ſous l'ombrage,
Ces flots careſſans leur rivage,
Par ton ſoufle vont s'embrâſer;
Pourquoi des levres demi-cloſes
Ont-elles la couleur des roſes ?
C'eſt-là que ſiege le baiſer.

Le froid ſcrupule envain s'offence
De tes bienfaits conſolateurs:
Tu tiens ſous ton obéiſſance
Sages, Héros, Légiſlateurs.
Céſar quitte le Capitole;
Il menace, il s'élance, il vole,
Tout cede à ſes travaux guerriers;
Mais il revient, briguant des chaînes,
Careſſer les Dames Romaines
A l'ombre même des lauriers.

Ce MAHOMET, ce fou ſublime
Contre tous les périls armé,

---

(3) *Des ruiſſeaux & des flots qui vont s'embrâſer.* Si la métaphore n'eſt point trop forte; ce ſouffle doit être furieuſement chaud.

(4) Cette épithete ſerait-elle bien néceſſaire ſans la rime ?

Qui pour l'erreur & pour le crime
Avait cru ce globe formé,
Aurait-il, conquérant auſtere,
Supporté l'ennui de la guerre,
Sans les baiſers de ſes houris,
Qui charmaient ſon ame inquiette,
Et dans le ſérail du Prophête,
Réaliſaient ſon Paradis.

Mais des demeures faſtueuſes
Tu crains l'appareil impoſant;
Les paſſions trop orageuſes
En banniſſent le ſentiment.
Ah! ſur des lèvres alterées
Et par l'ennui décolorées, (5)
Voudrais-tu donc te repoſer?
Ces lambris dorés, cette eſtrade,
Ces carreaux, ces lits de parade,
Sont l'épouvantail du baiſer. [6]

(5) L'ennui ne décolore pas les levres.

(6) Puiſqu'on dit *ces* lambris, *ces* carreaux, &c. il falait donc mettre *les* épouventails.

Fuis ſous les feuillages champêtres:
C'eſt-là que réſide la paix,
Et qu'à l'ombre des jeunes hêtres
On pratique tes doux ſecrets. (7)
Sur des gerbes, ſur une tonne,
Le baiſer s'y prend, ou s'y donne;
Le plaiſir n'y ſait pas compter;
Et l'impitoyable étiquette
Sur les levres d'une coquette [8]
Ne t'y fait jamais avorter.

Mais en quelques lieux qu'on t'appelle,
Ne déſerte point mon réduit;
Si j'ai pû te reſter fidèle, [9]
Que tes faveurs en ſaient le fruit!
Seme des fleurs ſur ma jeuneſſe;
Juſques dans la froide vieilleſſe
Renouvelle encor mes deſirs,
Et puiſſe-tu, pour récompenſe,
Rencontrer ſouvent l'innocence,
Et la ſoumettre à tes plaiſirs.

---

(7) Quels ſont les *doux ſecrets* du Baiſer?

[8] Ce n'eſt point de l'*étiquette impitoyable* qu'une Coquette eſt eſclave, le reproche irait mieux à une Prude!

[9] *Reſter fidele au Baiſer.*

Puiſſe à ce prix, trompant ſa mere
La jeune fille de quinze ans,
Dans ſon alcôve ſolitaire
Méditer ton art dans mes chants,
Interroger ſon ame oiſive,
Dévorer l'image expreſſive
De l'amoureuſe volupté,
Ne voir que baiſers dans ſes ſonges
Et ſoupçonner dans ſes menſonges
Les douceurs de la vérité.

Par M. DORAT.

REGULUS
DANS LE SÉNAT,

iſcours en Vers qui a remporté le Prix de l'..cadémie de Marſeille, le 25 Août 1769.

'AI-JE bien entendu! la paix avec Carthage!
uelle honte pour Rome! & pour moi quel outrage!
uoi Sénateurs! j'ai vu mes perfides ſoldats,
ſolens dans le camp, lâches dans les combats,
non moins qu'Amilcar ennemis de ma gloire,
mes bras triomphans arracher la victoire,

Et de la même ardeur dont ils devaient périr,
Se disputer les fers qu'on daignait leur offrir! [1]
J'ai vû, j'ai vû mes bras chargés d'indignes chaînes.
Dieux! j'ai vû les faisceaux & les aigles romaines,
Etaler, suspendus dans le temple des Dieux, [2]
D'un trophée insolent le spectacle odieux:
Et sans parler encor de ma gloire outragée,
Quand de tous ces affrons Rome n'est point vengée;
Quand moi-même je viens du fonds de ma prison,
De tant d'indignités vous demander raison,
Irriter votre haîne, aigrir votre courage;
Quand vous devez punir & le crime & l'outrage,
Je verrais le Sénat sans force & sans vertu,
Vaincu par le malheur, par la crainte abattu,
D'une pitié funeste écouter l'imprudence,
Et d'une paix honteuse embrasser l'esperance. [3]
Non, je ne le crois pas; un indigne traité,
De vos cœurs généreux révolte la fierté:
Non, vous ne voulez pas, Peres de la patrie, [4]

---

[1] Phrase embarrassée.

(2) Construction louche.

[3] Ces douze vers sont bien longs, on aurait pu les réduire à six.

[4] *Non, je ne le crois pas; non, vous ne voulez pas*, hémistiches trop semblables pour être si près.

Vo

Voir du Peuple Romain, la majesté flétrie,
Ni vous deshonorer en daignant secourir
Des lâches qui n'ont sçu ni vaincre, ni mourir.
Depuis quand, d'un revers vous laissez vous abbattre?
Parlez-vous de traités, quand vous devez combattre?
Ah! lorsque Rome traite avec ses ennemis,
Rome à ses pieds les voit terrassés & soumis.
Sous ses drapeaux d'abord ramenez la victoire;
Courez laver ma honte, & venger votre gloire;
Aux faisceaux avilis rendez leur dignité;
De l'altiere Carthage abbaissez la fierté:
Carthage alors pourra, sans qu'elle vous offense,
De Rome triomphante implorer la clémence;
Et vous pourrez alors, par pitié, retenir
Le bras de la vengeance armé pour la punir.
L'Aigle des légions, toujours fiere, intrepide,
Sur l'ennemi vainqueur, fond d'un vol plus rapide:
Tel est l'esprit de Rome, & sa mâle vigueur
Toujours sur sa constance a fondé sa grandeur.
Voilà comme autrefois sa liberté naissante,
Elevant tout-à-coup sa tête triomphante,
Sçut braver de Tarquin les efforts *impuissans* [5]

---

(5) Si les efforts de *Tarquin* étaient *impuissans*, Rome n'eut pas de peine à les braver.

Et s'affeoir elle-même au trône des tyrans:
Voilà comme en tout tems fon génie invincible
Affervit la fortune au courage inflexible. (6)
Rome de fes Rivaux fit fes premiers fujets:
Heureux d'être vaincus pour obtenir la paix, [7]
Ils venaient à fes pieds défarmer fa vengeance,
Et, nouveaux citoyens, affermir fa puiffance.
Nos Peres généreux, plus grands dans les malheurs
Par leur noble fierté confternaient leurs vainqueurs.
Héritiers de leurs noms, héritiers de leurs ames,
Du feu de leurs vertus reffufcitons les flammes.
Ah! combien frémiraient leurs mânes indignés,
S'ils voyaient leurs enfans, eux-mêmes confternés,
De mille affronts reçus, fe déguifant l'injure,
Souffrir qu'impunément un ennemi parjure,
Infultant à la fois tout le Peuple Romain,
Ofe parler de paix les armes à la main!
La paix! ah! Sénateurs, de ce peuple infidèle
N'attendez en tout tems qu'une haine immortelle.
Vous ne connaiffez pas l'excès de fa fureur.
Des enfans au berçeau votre nom eft l'horreur;

---

[6] De qui?

(7) Ce bonheur-là n'eft pas fort avantageux.

Aux autels de ses Dieux, le fils jure à son pere
De transmettre à ses fils sa haine héréditaire;
Sa langue en bégayant, instruite à vous trahir (8)
Fait l'horrible serment de toujours vous haïr;
Et sa religion sanguinaire & cruelle,
Lui fait une vertu d'être inhumain comme elle.

Je ne sais quel oracle à leurs Ayeux rendu,
Leur prédit qu'un guerrier, de leur sang descendu,
Aux bords du Tibre un jour guidé par la victoire,
Du Capitole auguste éclipserait la gloire,
Et renversant les murs bâtis par Romulus,
Rangerait sous leurs loix nos Peuples abbattus.
Cet Oracle imposteur, mais cher à leur vengeance,
D'une guerre éternelle entretient la semence.
Déja de la Sicile orgueilleux oppresseurs,
Des tresors de l'Espagne avares ravisseurs,
Et des bords du Bétis jusqu'à la Numidie,
Conquérans par la fraude & par la perfidie,
Dominateurs des mers que couvrent leurs vaisseaux,
Ils osent aujourd'hui se montrer vos rivaux. [9]

(8) On ne peut *trahir* que ses amis.

[9] Phrase longue & qui semble se traîner avec peine.

Doutez-vous que bientôt, enflés de leur puissance,
Ils ne portent plus loin leur superbe *espérance*?
Peut-être qu'en idée achevant leurs projets, [10]
Ils vous comptent d'avance au rang de leurs sujets.

Rome confonds l'orgueil où leur *espoir* se fonde. [11]
Reine des nations & maitresse du monde,
Le sceptre de la terre est remis en tes mains,
Et Jupiter lui-même a marqué tes destins.
Le moment est venu d'écrâser ta rivale,
Ce luxe que Carthage insolemment étale;
Ce commerce opulent, source de sa grandeur,
Ne doit point t'éblouir par sa fausse splendeur.
Plus elle s'enrichit, plus sa chute est voisine.
La lâche ambition qui seule la domine,
N'est que la soif de l'or, de cet or corrupteur
Qui nourrit la molesse & détruit la valeur.
Moi-même en la quittant, qu'ai-je vu? l'épouvante,
La terreur succéder à la joye insolente;
Ses murs sans deffenseurs; ses plus braves guerriers,
Dans nos premiers combats, ou morts, ou prisonniers;

---

(10) Tournure prosaïque.

(11) *Espoir*, *espérance*.

Sous un Chef étranger ses soldats mercénaires
Prêts à l'abandonner, frustrés de leurs salaires;
Ses Sénateurs rivaux l'un de l'autre ennemis,
Divisés par l'orgueil & par la crainte unis;
Dans leur haîne commune, ardens à se détruire,
Faibles pour vous combattre, adroits pour vous séduire,
Elle croit déja voir sous nos fiers étendards
Un peuple de vengeurs menacer ses remparts:
Et nos guerriers brûlans de réparer leurs pertes,
Inonder à grands flots ses campagnes désertes,
Ravager ses Cités, ou Duilius nouveaux
Poursuivre sur les mers, embrâser ses vaisseaux.
Son génie effrayé par ces tristes images
De sa chûte conçoit les sinistres présages,
Et pour en détourner les funestes effets,
Il emprunte ma voix pour implorer la paix.
Mais cette paix enfin, son esperance unique,
Quelle est-elle en effet? un traité politique
Où l'orgueil sacrifie à la nécessité,
Que suivront le parjure & l'infidélité.
Sous ce voile de paix ses fureurs déguisées
Cherchent à ranimer ses forces épuisées;
Et son impiété même au pied des autels,
Se promet de trahir ses sermens solemnels.
On vous craint, on vous hait: que faut-il davantage.

Rendez haîne pour haîne, outrage pour outrage. (12)
Permettez, il eſt tems (13) que l'*heureux* Regulus (14)
Au Sénat de Carthage annonce vos refus:
Sur-tout ne ſouffrez pas qu'une aveugle faibleſſe
Trahiſſe de vos cœurs l'héroïque nobleſſe.
De tant de citoyens condamnés à périr,
Si le ſort malheureux a pû vous attendrir,
Songez qu'à votre gloire, à l'état, néceſſaire
Le trépas, de leur crime eſt le juſte ſalaire.
Que de l'impunité l'exemple dangereux
Etouffe la pitié qui vous parle pour eux.
Qu'importe déſormais ou leur mort ou leur vie? (15)
L'une eſt trop méritée & l'autre eſt avilie.

---

[12] M. Racine a dit:

Rends-lui meurtre pour meurtre, outrage pour outrage.

(13) Cheville.

(14) Pourquoi *heureux*?

(15) Ceci ne paſſe t il pas l'héroïſme; on peut être Romain, mais jamais ceſſer d'être homme; & c'eſt une maxime dangereuſe que d'immoler tous les Citoyens à la gloire d'un pays qui n'en jouira peut-être jamais.

Oubliez ſans regret les derniers des humains :
Eſclaves de Carthage, ils ne ſont plus Romains.
Ne voyez point leur nombre, eſtimez moins leur
perte.
Vuide de légions, de citoyens déſerte,
Rome pour s'affranchir du plus preſſant danger,
Doit n'armer que des mains dignes de la venger.
Tombent ſes murs plutôt que jamais elle implore
Le bras qui la trahit & qui la deshonore !
De nos ſévères loix ranimez la vigueur,
Exercez ſans pitié leur utile rigueur.
Envain vous eſperez que des hommes infâmes
Renaiſſent à l'honneur déja mort dans leurs ames ;
Avilis par le crime & d'opprobres couverts,
Semblables à l'eſclave échappé de ſes fers,
Qui pâlit, immobile, à l'aſpect de ſon maître,
Une ſeconde fois vous les verriez peut-être
Devant leurs fiers vainqueurs, tremblans, humiliés,
Redemander leur chaîne & trembler à leurs pieds.
Prévenez cet affront, puniſſez des coupables ;
Qu'un châtiment terrible étonne leurs ſemblables :
Que Carthage indignée en frémiſſe d'effroi. (16)
Sa fureur, je le ſais, retombera ſur moi ;

---

(16) Ces vingt vers ne ſont proprement que la répétition les uns des autres, & ne contribuent pas à faire aimer celui qui les prononce.

J'aigris, j'irrite un peuple & féroce & barbare ;
Je suis digne en effet, du sort qu'il me prépare ;
Je trompe ses desirs, je romps tous ses desseins ;
Les fruits de sa victoire échappent de ses mains :
Je lui rapporte, au lieu de la paix qu'il espere,
Et l'affront d'un refus & l'horreur de la guerre...

Que vois-je ! vous pleurez ! (17) ah ! que votre amitié
De mon sort glorieux prenne moins de pitié !
Je meurs, de la patrie honorable victime.
Un espoir généreux me soutient & m'anime :
Lavé de tout mon sang pour elle répandu,
Je rentre en mon honneur indignement perdu.
Ma mort effacera la tache de ma vie
Je me sauve en ses bras de mon ignominie. (18)
Retenez donc ces pleurs trop indignes de moi ;
Regulus sait mourir & non trahir sa foi.
Ne faisons pas à Rome une trop grande injure,
En imitant Carthage infidelle & parjure.

---

(17) Il est difficile de croire que ce dévouement puisse arracher des larmes. Il peut exciter l'admiration ; mais Regulus s'est-il rendu assez intéressant pour faire couler les pleurs du Sénat auquel il persuade d'immoler la moitié de Rome.

(18) Vers énergiques.

Dans l'horreur d'un cachot, quand ses cruels bourreaux
Essayant sous mes yeux des supplices nouveaux,
De la mort qui m'attend me présentaient l'image,
Mon ame à les subir exerça son courage.....
Mais quel ressouvenir! ma femme, mes enfans...(19)
Je dois me dérober à leurs embrassemens...
Vous n'avez plus d'époux, épouse tendre & chere!
Et vous, ô mes enfans! vous n'avez plus de pere.
Je vous rends à l'Etat, je vous donne aujourd'hui
L'exemple de souffrir & de mourir pour lui.

Cette piece respire la dureté & la sévérité farouche des premiers Romains. Elle séche le cœur & ne l'éleve gueres. On voit un forcené que le fanatisme aveugle, & à peine lui tient-on compte de son héroïsme. D'ailleurs on a de la peine à croire que Regulus parlât aussi longuement dans le Sénat Romain; mais ici il concourait au prix. On trouve au milieu de vers peu harmonieux & de phrases embrouillées, des vers hardis & des pensées fortes.

---

[19] Il est vrai qu'il est assez singulier.

EPITRE

A MADAME D....

En lui envoyant un Couplet où elle était appellée GLICERE.

IL fut jadis une Glicere
Qui n'avait pas votre beauté,
Ni votre art négligé de plaire (1)
Ni votre esprit, ni la gaieté
De votre aimable caractère.
Avec moins d'agremens que vous
Elle mit dans ses *douces* chaînes (2)
Tous les sages & tous les fous,
Et tous les beaux esprits d'Athênes.
Parmi ces humbles serviteurs
Qui d'un ton doucereux & fade,
Vantaient ses attraits enchanteurs,
On vit paraître Alcibiade,
Brillant, leger, couvert de fleurs:
Tous les matins pour cette belle,

(1) *L'art négligé de plaire*, cela présente un sens louche.

(2) Epithete qui ne sert qu'à rendre le vers fort dur.

A ce héros l'amour dictait
Quelque chansonnette nouvelle
Qu'à sa toilette il répetait.
Comme lui j'ai chanté Glycere;
Et si mes airs sont moins touchans
Que les vers charmans qu'il sçut faire,
Je n'ai pu mettre dans mes chants
Ce feu dont l'œil d'une Bergere
Anime les tendre accens
Du beau Berger qui sait lui plaire.
Cette Glycere en son printems
N'eut pas toujours votre sagesse;
Et le plus heureux des Amans
Alcibiade en son yvresse,
Ecrivait tous ses vers galans
Sur le beau sein de sa maitresse. [3]

Par M. Légier.

Ces vers sont doux & légers.

---

(3) Le pupitre est agréable, mais cette peinture l'est-elle?

VERS
SUR L'AMITIÉ,
Tirés des Nuits D'YOUNG.

UN tendre ami vaut mieux qu'une couronne;
Un monarque n'a rien s'il ne possede un cœur; *
Un monde entier ne vaut pas le bonheur,
C'est l'amitié qui nous le donne.
Pour gagner un ami je cederais un trône.

Par M. LE TOURNEUR.

Ces vers qui font l'éloge de l'amitié font celui du Poëte qui la chante si bien. M. *le Tourneur* est connu par une très-bonne traduction des Nuits d'*Young*, qui a paru l'année passée, & dont l'empressement public a prouvé la bonté & le mérite.

* On lit dans une Piece de M. DE VOLTAIRE :
Trente Etats subjugués, ne valent point un cœur.

VERS

PRÉSENTÉS

A MADAME LA COMTESSE DU BARRY.

Sur son Portrait.

POUR peindre DU BARRY sans le secours de l'art,
Il faut le plus beau teint, un coloris sans fard; (1)
Le maintien sans apprêt, *la* taille fine & leste, (2)
L'air grand, majestueux, *le* ris noble & modeste,
Des yeux dont la candeur annonce la bonté, (3)
Le regard enchanteur, fait pour la volupté,
Les qualités du cœur, que l'on admire en elle,
Gage du sentiment d'une vertu réelle,
Et sa bouche de rose où *gît* la vérité (4)

---

(1) A qui *faut-il* tout cela, est-ce au Portrait, est-ce au Peintre, est-ce à Madame la Comtesse DU BARRY?

(2) Il faudrait *un* maintien, *une* taille, & non pas *le* maintien, *&c.*

(3) Ordinairement *la candeur annonce la bonté*, ce vers ne signifie donc rien.

(4) *Gît*, terme d'épitaphe.

Organe du bonheur & de l'humanité ; (5)
Peintres audacieux, consultez la nature,
Loin de vous occuper à flatter l'imposture.
Connaissez ce beau tout, cet ensemble parfait;
Admirez DU BARRY, son ame est son portrait.

Par Madame DE SERVINS DU MOBERT.

Si nous insérons ici ces vers qui n'ont de mérite que par la Beauté à qui ils sont adressés, c'est par ce que nous nous sommes fait une loi de rapporter toutes les nouveautés, & surtout celles dont le sujet intéresse tout le monde. Le Lecteur gémira de voir un si beau portrait aussi maltraité. L'Auteur de ces vers qui manie l'aiguille, le pinceau, * & la lyre a voulu nous prouver apparemment comment on pouvait peindre Madame la Comtesse DU BARRY *sans le secours de l'Art.* Elle aurait dû cependant consulter plutôt ses forces que son zele. Il ne suffit pas de vouloir faire des vers, il faut le pouvoir. On nait Poëte, on se fait rimailleur,

Et l'on prend pour génie une ardeur de rimer.

---

(5) Est-ce la *vérité* ou la *bouche* de Madame du BARRY qui est l'organe du bonheur ? L'Auteur a sçu rendre douteux ce qui ne l'est pas.

* Madame *Du Mobert* qui avant son mariage avec M. *de Servins du Mobert*, Employé aux Fermes, s'appellait *la Motte* de son nom de fille, était alors *Peintre des Menus Plaisirs.*

LES JARDINS DU PETIT TRIANON.

LEs Dieux des champs, Pomone & Flore,
Voulant préparer un séjour
Digne des soins & de l'Amour
D'un Roi chéri qui les honore,
Implorerent le Dieu du goût.
Ce Dieu dont l'œil anime tout
Sur le Parnasse prit naissance,
Planta ses vergers & ses bois,
Des Beaux Arts dirigea l'enfance,
A Cythere dicta ses loix,
De Vénus trama la ceinture,
De l'Amour broda le carquois,
Et dessina l'architecture
Du Palais dont il a fait choix.

Sans lui la plus riche abondance
Ressemble à la stérilité;
Il convertit en opulence
La rustique simplicité,
Et l'art de plaire sans beauté
Est un effet de sa puissance.
Le Dieu cede sans résistance

Et vient d'un vol précipité,
Pour seconder le vœu sincere
Des champêtres divinités,
Il montre des lieux écartés
Aux yeux que sa lumiere éclaire. [1]

O Nymphes qui les habitez,
Vous ne verrez point les beautés
De vos délices solitaires,
Perdre sous des mains téméraires
Leurs riantes naïvetés.

Louis méprise l'imposture
De ces ornemens dont l'apprêt,
Stérile à force de culture,
Est admiré sans intérêt:
Où tout étonne & rien ne plaît,
Où l'on travestit la nature,
Qui n'enfante plus qu'à regret.

L'enceinte du nouvel asyle
Ne présente rien de pompeux:
C'est un désert sombre & fertile,
Où le chalumeau de Mirtile
Egayant ses troupeaux heureux

---

(1) Ces vers sont un peu embrouillés.

Vient éveiller l'écho tranquille
Par des accords harmonieux.

Un pavillon plein d'élégance
Offre au lieu de magnificence
Une riche ſimplicité.
Au dehors il ne paraît être
Que la grotte toute champêtre
D'une jeune Divinité ;
Au-dedans l'on croit reconnaître
Le temple de la Volupté.

Lorſque Zéphir ſur la roſée
Vient careſſer la tendre fleur,
Ou lorſque ſa douce fraîcheur
Soulage la terre embrâſée ;
Alors de cent baumes épars
Il charge ſon aîle brillante,
Et bientôt dans ſa courſe errante
Les ſecouant de toutes parts,
Aux ſens charmés il les préſente.

Là, de fleurs un double cordon
Marque un ſentier ſur le gazon ;
Elles s'offrent ſur le paſſage,
Et ſe diſputent l'avantage (2)

(2) Idée recherchée.

De ſécher ſur le front guerrier
D'un Roi digne de leur hommage,
Et d'y nuancer le laurier;
D'autres avec ſoin ſe nourriſſent
De l'air humide d'un baſſin,
Sur ſes rives ouvrant leur ſein
Par retour elles l'embelliſſent.

Mais qu'entends-je: le plus doux ſon
Anime ce ſéjour paiſible;
Il m'attire vers un buiſſon
Qu'enferme l'enceinte inviſible
D'un leger tiſſu de laiton. (*)
Un peuple aîlé fait ſa patrie
De cette riante priſon:
Chaque jour il ſe multiplie
Et préfére d'aimables nœuds
A ſa liberté qu'il oublie.
Son langage, c'eſt l'harmonie;
Les plaiſirs, les courſes, les jeux
Sont ſes loix & ſa politique,
Pour lui ſeul l'amour pacifique
Ne file que des jours heureux.
Tour-à-tour dans cette retraite
Le chardonneret, la fauvete

(*) Les Volieres.

Et la linote & le pinçon
Ebauchent leur douce chanſon,
Tandis que la voix plus parfaite
Du roſſignol & du ſerin,
Fait entendre un accord divin
Dont la mélodie eſt complette,
Et dans ce concert enchanteur,
La foule obſcure eſt ſatisfaite
De pouvoir compoſer le chœur.

Près de ces lieux eſt élevée
Cette volàtille privée
Si préciense à nos feſtins,
Et qui, dans des climats lointains,
Par nos Jaſons fut enlevée.
Tu frappes mes regards épris,
Roi des oiſeaux que l'Inde enfante, [**]
Toi, dont le brillant coloris
Mérita la touche ſavante
Et des Viſprés & des Oudris. [***]
Quelle forme, noble, élégante!
Quelle vivacité piquante!
De richeſſes quel appareil!

(**) Le Faiſan.

(***) Peintres célèbres.

Quand je fixe l'éclat vermeil
Qui luit ſur tes plumes dorées,
Fils de l'aurore & du ſoleil,
De ces Dieux je vois les livrées.

Jamais l'aigle de Jupiter
N'eut régné ſur les fils de l'air,
Si la Grece t'avait vu naître ;
Elle eut pû te faire paraitre
Armé de la foudre des Dieux,
Tandis qu'un plus doux miniſtère
T'eut fait meſſager de Cythere,
Auprès du Monarque des Dieux.

Mais déja l'utile Pomone
Etale ſes riches préſens,
Déja Vertumne les couronne
De feuillages intéreſſans.
Tout ſe colore, tout enchante,
La fraîcheur ſe joint à l'éclat ;
Près de l'abricot délicat,
La pêche vermeille & fondante
Sans meſure ſe reproduit,
Et la feuille moins abondante
Diſparait à côté du fruit.

Plus loin c'eſt la vigne hautaine
Qui veut paraitre en ſouveraine,

Et dont le fruit digne des Cieux
Semble briguer l'honneur ſuprême
De diſputer au nectar même
La coupe du Maître des Dieux.

A ſes pieds le melon ſerpente
Et d'un air moins préſomptueux
Prépare un ſuc voluptueux
A la canicule brûlante.
La ſcène toujours différente
Renouvelle ſes agrémens
Et ſe pare ſelon les tems.

La nature, ſage ennemie
De la triſte uniformité,
Par une adroite économie
Ménage ſa fécondité,
Et développant ſa puiſſance
Dans ſa riche variété,
De nos goûts avec complaiſance
Careſſe la légéreté.

Lorſque l'hiver au ſoufle aride
Nous ramène tous les fléaux,
Et vient boire la ſève humide
Dans les veines des arbriſſeaux;
Il eſt un art preſque magique [*]

[*) Les ſerres chaudes.

Dont le pouvoir les rend féconds
En créant pour eux des saisons;
Sous leurs tiges, il se pratique
De secrets & vastes fourneaux
D'où la chaleur par cent canaux
De toutes parts se communique
Des racines jusqu'aux rameaux
Qui végêtent sous des cristeaux;
C'est là qu'ardente ou temperée,
Et dans le tube mesurée,
La flamme produit tour-à-tour
L'Été, le Printems ou l'Automne,
Et fait régner Flore ou Pomone
Au sein du plus triste séjour.
L'Hiver qui frémit à l'entour
De sa glace les environne,
Et le Dieu qui préside au jour,
S'étonne qu'avant son retour
La terre de fruit se couronne. [3]

Que l'innocente volupté
Vous choisisse pour sanctuaire,
O jardin, rival de Cythere!
Ne soyez jamais habité

---

(3) Cette description est bien faite & les vers qui la terminent sont encore plus frappans.

Par ce vieillard impitoyable
Qui dévore tout ſous ſes pas,
Et qu'un printems inaltérable
Puiſſe éterniſer vos appas!
Un Roi, l'honneur de vos climats,
A vos agrémens s'intéreſſe,
Il aime un aſyle ſacré,
Par le goût même préparé,
Pour l'uſage de la ſageſſe.
Vous êtiez bien moins précieux,
Riches vergers de l'Heſperie,
Chimère des ambitieux;
L'or véritable eſt dans les lieux
Dont la paix a fait ſa patrie.
C'eſt-là qu'avec ſécurité,
Un cœur plein de ſolidité,
Jouit des douceurs de la vie,
Dans les bras de la liberté.
Le Monarque n'eſt plus qu'un ſage
Qui ramène ce premier âge
Si peu connu, mais ſi vanté,
Et vient retracer une image
De l'antique ſimplicité!

Sa main fumante du tonnerre,
Daigne ouvrir le ſein de la terre,
Et dans ſes ruſtiques travaux

L'amour de l'ordre qui l'inſpire,
Préſente par-tout des tableaux
De ce qu'il fait dans ſon empire.

Ce petit Poëme a concouru au prix de l'Académie Françaiſe en 1768. Un rival plus heureux l'a remporté, voici comment l'Auteur s'en eſt conſolé:

La gloire a dédaigné mes vœux,
Mais à mon cœur elle n'eſt pas moins chere ;
Plus digne d'elle & plus heureux
Puiſſai-je un jour rentrer dans la carriere.

Cette Piece eſt du ton le plus facile & le plus léger, on y trouve mille agrémens & elle rend la modeſtie de l'Auteur un nouveau mérite aux yeux du Public.

VER

VERS
A M. RACINE,
Sur le Poëme de la Grace.

CHER *Racine*, j'ai lû dans tes vers didactiques,
De ton Jansénius les erreurs fanatiques ;
Quelquefois je t'admire & ne te crois en rien.
Si ton style me plaît, ton Dieu n'est pas le mien :
Tu m'en fais un tyran, je veux qu'il soit mon pere :
Ton hommage est forcé, le mien est volontaire :
De son sang mieux que toi je reconnais le prix,
Tu le sers en esclave, & je l'adore en fils.
Crois moi, n'affecte pas une inutile audace,
Il faut comprendre Dieu pour comprendre sa grace :
Soumettons nos esprits, présentons lui nos cœurs,
Et soyons des Chrétiens & non pas des Docteurs.

Par M. DE VOLTAIRE.

PEINTURE DE L'HIVER,

IMITATION DE TOMPSON.

L'HIVER au-dessus de nos têtes,
Roule l'orage & la terreur :
Les tempêtes sur les tempêtes,
Se précipitent en fureur :
Obscurité majestueuse,
Tu viens sur l'aîle impétueuse
Des ouragans, des tourbillons :
La terre de crainte est remplie,
Et la Nature s'humilie
Sous le souffle des Aquilons.

Cette imitation est heureuse & réunit l'harmonie des sens à la chaleur des idées. Ce portrait en raccourci rassemble toutes les horreurs de la saison qu'on a voulu y peindre.

LES SOIRÉES DE PÀPHOS, FRAGMENS MITHOLOGIQUES.

Si Venerem Coüs nunquam pinxisset Apelles
Mersa sub æquoreis illa lateret aquis.
Ovid.....

Ce petit Ouvrage érotique qui nous est tombé entre les mains, contient quatre Soirées. Nous en donnerons ici l'Introduction avec le commencement de la premiere Soirée. Le reste de l'Ouvrage paraitra successivement dans les Cahiers suivans.

INTRODUCTION.

L'Isle de Paphos retentissait par-tout des louanges de Vénus, les Habitans de ce pays fortuné s'empressaient à l'envi d'offrir leur reconnaissance & leurs hommages à une Divinité bienfaisante qui causait tout le bonheur de leur vie, & la Déesse sensible au culte d'une Nation si chere, l'autorisait encore par sa présence enchanteresse, & l'ennivrait sans cesse de joie & de volupté.

C'était dans un de ces agréables passages du Printems à l'Été, où les Zéphirs, après avoir pris la place des funestes Aquilons, répandent dans les airs cette haleine parfumée qui donne pour ainsi dire une nouvelle vie à la Nature; un Soleil brillant & pur éclairait les plus beaux & les plus tempérés des jours, mille fleurs s'empressaient d'éclore & d'embaumer l'air le plus délicieux, & ses Habitans mêlant leurs accens à ceux de tout un Peuple inspiré par les sensations les plus voluptueuses, portaient le nom de la Déesse jusqu'aux voûtes azurées de l'Olympe, & rendaient tous les Dieux jaloux de sa gloire.

O Vénus! Divinité charmante, s'écriaient-ils avec un transport mêlé du délire le plus séducteur, tu es ici bas l'ame de la Nature: sans toi, sans la volupté que tu répands ſans ceſſe, nos jours couverts du nuage d'une indifférence léthargique, ſeraient un préſage continuel du ſommeil funeſte que la Parque nous prépare : quitte l'Empirée & viens à jamais, parmi nous, animer les plaiſirs qui te doivent leur naiſſance, la demeure des Dieux doit être où eſt le bonheur.

Et vous paſſions triſtes & dévorantes qui bourrellez ſans ceſſe le reſte des malheureux mortels, déſir inſatiable de s'agrandir, ſoif affreuſe des richeſſes, baſſe envie d'anéantir le mérite d'autrui ſans l'égaler, vains déſirs d'une gloire frivole, ou d'une réputation chimérique, fuyez à jamais d'entre nous; que notre cœur ſoit inacceſſible à vos ſoufflés empeſtés; la volupté ſeule nous maitriſe, cherchez des victimes dans un autre Univers. C'eſt ainſi que les heureux Paphiens exprimaient les ſentimens de leurs cœurs où Vénus régnait ſeule : l'Immortelle touchée d'un culte ſi parfait & ſi pur, quittait les voutes céleſtes pour venir habiter, pendant le temps que duraient les fêtes, un Temple moins magnifique qu'agréable, que ce peuple avait élevé plus au plaiſir qu'à la majeſté.

Il était ſitué ſur le penchant d'une colline;

un bois ſacré de myrthes l'ombrageait du côté du Nord, & le défendait des violences des impétueux tyrans de la Thrace; ſon plus bel aſpect était du côté de la mer, à laquelle on deſcendait par une pente douce, couverte de labyrinthes & de bois d'orangers & de citronniers. Amphitrite en baignant ces bords fortunés, ſemblait ſe glorifier de la naiſſance de la Déeſſe, qui deſcendait des airs ſur ſon char entourée des Graces & des Amours; elle s'abbattait ſur la ſurface des mers & la fendait avec la légereté d'une ombre qui diſparait avec le ſommeil.

Les Inſulaires pouſſaient mille cris de joie : c'eſt elle, diſaient ils, nous la connaiſſons encore mieux à nos cœurs. Quelle impreſſion ſoudaine .... ô Vénus! .... ô Souveraine adorée! Bien-tôt elle entrait dans l'Iſle, & par un effet étonnant de ſa préſence ils ſentaient dans leurs ames une douce langueur, une rêverie tendre, un attendriſſement vainqueur; un feu inconnu ſe répandait dans leurs veines, allumait leur ſang & le mettait dans cet état de fermentation & de véhémence qui annonce le moment de ton empire, ô volupté, & fais diſparaître les ſoucis, les inquiétudes, les reproches, la jalousie, les querelles, les scrupules & les soupçons, enfin tous les cruels ennemis des plaisirs.

La Déesse s'avançait vers son Temple avec une démarche légere & nonchalante tout ensemble; les Insulaires la suivaient en foule, en brûlant d'un feu inconnu. Thémire rendait Mirtil malheureux en lui refusant la récompense des Amans fideles; elle porta sur lui des yeux inquiets, & craignit pour la premiere fois de trouver les siens fixés ailleurs: Sidonie refusait les vœux de Timante pour se consacrer à Diane, Vénus parut, elle ne vit plus que Timante: Daphnis avait manqué d'apporter à Silvie deux pigeons pour sacrifier au Temple; sa colere avait éclaté, & le Berger dévorait loin d'elle sa douleur & ses larmes; ah! que les pigeons furent bientôt oubliés par Silvie, & qu'il s'offrit à son cœur l'idée d'un sacrifice bien plus agréable à la Déesse.

Il fallait traverser les bois d'orangers & les labyrinthes pour arriver au Temple; tous les couples d'Amans heureux furent saisis en y entrant d'un tressaillement délicieux: ce demi jour, cet agréable clair obſcur qui régnait ſous ces dangereux ombrages, fixait l'imagination ſur tout ce qu'ils dérobent ordinairement aux yeux clairvoyans & jaloux. Egerie éperdue & agitée baiſſait les yeux & n'oſait regarder Licidas qui la ſuivait & lui adreſſait des mots bas & entrecoupés avec la voix tremblante du bonheur. Arrête, cruelle Camille, diſait Nicandre d'une voix baſſe & déſeſpérée, arrête, ou tout mon ſang verſé à tes yeux........ ah! barbare, diſait Camille avec des yeux gros de larmes, tu veux ma mort en méditant la tienne, eh bien écoutes....... mais Dieux! on nous regarde...... que ne voit-on pas dans tes yeux & dans les miens....... O Vénus! inſpire-moi ce qu'il faut ſuivre....... Le flambeau de la Déeſſe brillait à ſes yeux, il avait déjà enflammé ſon ame, il lui montra un ſentier écarté, elle s'y jetta, & ils le ſuivirent enſemble.

Le miſtère couvrait de ſes aîles impénétrables les lieux les plus écartés de ces bois, qu'il regardait comme conſacrés à ſon Empire; l'obſcurité ſi favorable aux entrepriſes de l'Amour, la ſolitude ſi fort ennemie des ſcrupules & des dédains, tout ſavoriſait la hardieſſe & détruiſait les préjugés: que d'offrandes à la Déeſſe moins éclatantes que celles qu'elle allait recevoir au Temple, mais qui annonçaient & établiſſaient bien plus ſon pouvoir: trois fois elle tourna la tête, en riant des agrémens qu'elle ſeule faiſait naître; elle vit les heureux Paphiens s'écarter dans les bois à droite & à gauche, & lançant un regard perçant ſur ceux qui l'accompagnaient encore, elle ſemblait moins recevoir agréablement leurs hommages, que les inviter à lui en rendre de plus dignes d'elles; (effet prodigieux d'un rayon de la Divinité qui en émanait ſans doute), en arrivant au Temple ſa ſuite était diminuée des trois quarts.

L'Aurore aux doigts de roſe avait déja fait place au char brûlant du pere de Phaéton; la Roſée fille de la Nuit & de Lucifer éparſe en perles ſur les fleurs, cédait aux rayons du Dieu du jour & ſe diſtillait en une eau claire & argentée; la roſe ouvrait ſon ſein au volage zéphire, & eſpérait toujours fixer l'inconſtance même, lorſque Vénus arriva au Temple: cent jeunes hommes & autant de jeunes filles couronnés de fleurs vinrent au-devant d'elle, agréables victimes toujours offertes

& renaiſſant toujours de leurs propres ſacrifices.

Les Prêtres & les Prêtreſſes du Temple reçurent Vénus avec cette joie pure qu'inſpire une véritable vénération, & qui prouve que ce n'eſt pas ſoi même qu'on enſence dans le Dieu que l'on ſert. Les ris, les jeux & les plaiſirs ſuccéderent aux offrandes ſacrées; la Déeſſe ſe mêlait elle-même aux danſes & aux fêtes; on oubliait ſa divinité pour ne s'occuper que de l'aimer, & elle ſentait ſans doute que ce qu'inſpire le premier, eſt bien éloigné de compenſer ce qu'attire l'autre: ô Dieux, s'écriait-elle, qui partagez avec moi la demeure céleſte, que je ſuis éloigné de regretter votre préſence, & toi Jupiter, puiſſe-tu oublier juſqu'à ma mémoire, laiſſe-moi avec mes chers Paphiens; ils ſont heureux, puis-je ne pas l'être; pour aimer ils n'ont beſoin que de moi, je leur ordonne, je leur inſpire l'amour, ils aiment, ils ſont aimés, ils jouiſſent, que peux-tu faire de plus pour eux?

Cependant l'amant de Daphné ſuſpendait ſon diſque radieux à plomb ſur l'Hémiſphère, les troupeaux halétans cherchaient une ombre qui ſemblait les fuir, les oiſeaux avaient interrompu leurs concerts, & les Bergers ſe cachaient à peine ſous des buiſſons brûlans : les exercices auxquels les Paphiens ſe livraient pour amuſer la Déeſſe ceſſent alors & le peuple entre en foule ſous le périſtile du Temple. Vénus s'occupe à régler pluſieurs différens arrivés dans l'Iſle: un Berger refuſait ſa ſœur à un autre, parce que ſes troupeaux étaient trop médiocres, la Déeſſe ordonne qu'on ouvre les lieux où ſont renfermées les bêtes qu'on lui ſacrifie, elle en tire deux cent, les donne au Berger pauvre; elle aura des ſacrifices de moins, mais elle fait deux heureux de plus. Une Paphienne ſe plaignait d'avoir été trahi par un amant dont les ſermens avaient tout obtenu d'elle; loin de lui rendre un Berger parjure & mépriſable, elle la bleſſe pour un amant plus digne d'elle, qui, rebuté juſqu'alors, avait dévoré ſa douleur ſans ſonger à être infidele : elle permit auſſi quelques petits changemens, mais avec tant de grace, que c'était en elle un appas de plus.

Mais déja l'ombre croiſſant ſur les montagnes annonçait le crépuſcule dont l'agréable pitoreſque flatte ſi fort l'imagination : la fraîcheur commençait à renaître, les troupeaux bondiſſaient en regagnant leurs aſyles, on entendait un doux mêlange de fluttes, de chalumeaux, des concerts des habitans des bois, les fêtes recommençaient & la Déeſſe retirée dans l'intérieur du Temple avec un nombre d'inſulaires choiſi dans l'un & l'autre ſexe, ſe faiſait chanter ſur la lyre, les avantures des héros qui avaient le plus accrédité ſon empire. L'amant de la belle Thémire commença ainſi la premiere ſoirée.

PREMIERE SOIRÉE.

PARIS ET HÉLENE.

LE Mont Ida résonnait encore des plaintes de la malheureuse Œnone : cette Nimphe qui avait dédaigné dans sa premiere jeunesse les empressemens du Dieu du jour pour se livrer à la tendresse que lui avait inspirée Paris, fils du Roi Priam, se voyait méprisée à son tour par ce volage, qu'un amour chimérique arrachait de ses bras pour l'entraîner à sa perte. Apollon lui avait donné jadis pour gage de sa passion une science étendue de l'avenir, & avait soumis à sa connaissance les plantes & les simples les plus utiles aux mortels; mais hélas! le premier de ses dons ne servait qu'à lui montrer plus clairement la durée de son infortune, & l'autre était sans pouvoir pour éteindre le feu qui dévorait son cœur.

L'ingrat Paris venait d'équiper une flotte pour aller aux lieux où l'appellaient les flatteuſes promeſſes de la Mere des amours ; envain les gémiſſemens de la Nymphe ſe faiſaient entendre, envain les prédictions de Caſſandre retentiſſaient dans tout le Palais, le fils d'Hécube inſenſible aux premieres, & affectant une incrédulité mépriſante pour les autres, voyait les apprêts de ſon départ avec un frémiſſement de joie inſpiré par le plus violent amour & ſe préparait à aller chercher aux travers de mille écueils & de mille dangers, le flambeau funeſte qui devait embrâſer & détruire pour jamais ſa patrie, la gloire & l'ornement de l'Aſie.

Enfant trop dangereux & trop aimable, tel eſt l'effet de ton abſolu pouvoir ; il t'éleve au-deſſus de toutes les intelligences céleſtes, ton trône placé au ſommet de l'Olimpe, te ſoumet Jupiter & tous les Dieux qui l'habitent, c'eſt delà que tu déploye tes aîles d'or ſur le voile azuré de la nature : tu ſouris, les Empires ſont renverſés : tu tiens dans tes mains les flêches redoutables qui changent la face du monde entier.

Le Berger Paris était deſtiné depuis ſa naiſſance à être un des exemples les plus mémorables du pouvoir de ce Dieu. Morphée avait préſenté à la Reine Hecube pendant ſa groſſeſſe l'image la plus effrayante; & le fruit malheureux qui devait un jour porter le fer & la flamme dans la floriſſante Troye, avait été condamné dès lors à paſſer dans une condition obſcure une vie dont le cours pouvait être ſi dangereux. Icare qui gouvernait les troupeaux immenſes que le Roi Priam avait dans les ſombres vallées du Mont Ida, avait été chargé de ſon enfance, & l'avait confiée à des Bergers Phrigiens, comme jadis les jours du Dieu du Tonnerre avaient été confiés aux ſoins des Corybantes, mais bientôt la beauté, l'adreſſe & la force du jeune Alexandre percerent les ténebres répandus ſur ſon origine.

Sa force ſurmontait les bêtes les plus féroces, comme les graces de ſa figure lui gagnaient tous les cœurs, il déchira avec un courage ſurprenant un lyon qui attaquait les troupeaux de ſon pere, tous les Bergers des montagnes enviaient tant de dons réunis, tandis que les Nymphes & les Bergeres ſe diſputaient à l'envie, la gloire de le rendre ſenſible, & de devoir à leurs attraits une conquête ſi flatteuſe.

Œnone, fille du fleuve Pégas l'emportait sur toutes ses compagnes, en beauté & en adresse; elle joignait à cela un cœur tendre & capable d'une grande passion. Apollon en éclairant les contrées l'avait apperçue un jour que pressée par la chaleur de la saison & se croyant seule, elle se baignait sur un rivage écarté; la vue de tant de charmes lui avait inspiré les plus violens desirs, & on disait dans le pays, qu'il en avait acheté la possession par les secrets les plus rares de la nature, qu'il avait communiqués à la Nymphe, mais elle vit le bel Alexandre & le Dieu du jour fut oublié.

Le jeune Paris ne fut point insensible, à ce qu'il crut remarquer de flatteur dans les yeux de la Nymphe, bientôt ils brûlerent d'une mutuelle ardeur. Les Dieux du Mont Ida, celui du Scamandre, & le Fleuve pere d'Œnone, reçurent leurs serments, & Paris après avoir juré un amour éternel, se vit amant aimé de la plus belle fille qui fut dans tous les Etats du Roi son pere.

Mais le Dieu de Cythere en avait autrement ordonné. Apollon avait imploré sa vengeance, & la malheureuse Œnone ne tarda pas à en ressentir les effets. L'Amour inspira aux trois premieres Divinités de l'Olympe, un desir violent de disputer ensemble le prix de la Beauté. Le Maître des Dieux ordonna à Mercure de choisir pour juge l'homme le plus parfait qui fût sur la terre ; le Messager céleste part & fend les airs avec les aîles rapides qui lui servent pour accompagner les mortels au fatal rivage, & s'abbattant tout à coup dans une forêt touffue du Mont Ida, où Paris & Œnone chantaient leurs amours sous un ombrage épais, il fit briller à leurs yeux le divin Caducée, & les jetta, par sa présence, dans un étonnement mêlé d'une sainte horreur.

Fils de Roi, dit-il en s'adressant à Paris, dans quelle indigne mollesse passe-tu tes plus beaux jours, faut-il donc que les faveurs d'une femme énervent ton cœur & ton courage, & t'empêchent de remplir tes hautes destinées. Les Dieux t'appellent à des choses plus dignes de ta naissance. Jupiter t'a choisi pour être l'arbitre de la beauté entre Junon, Vénus & la Déesse des Arts, & voici, ajouta-t-il en lui présentant une pomme d'or, le prix par où tu marqueras ta préférence ; elles vont s'offrir à tes regards, songes à remplir l'attente de tout l'Olympe & à te montrer digne fils d'Hécube & de Priam.

Il dit, & remontant aux voûtes céleſtes, il laiſſa après lui un doux parfum de mirthe & d'ambroiſie. Paris demeura ſaiſi de crainte, ſes cheveux ſe hériſſerent, ſa langue s'arrêta ſur ſes levres; il ſuivait de l'œil le Dieu qui s'élevait comme un nuage léger & qui bien-tôt ſe déroba à ſes regards.

La triſte Œnone vit tout-à-coup tous les malheurs dont elle était menacée: des larmes ameres inonderent ſes joues charmantes, où les lys & les roſes ſemblaient ſe diſputer le prix de l'éclat; elle s'arracha des bras de Paris, ſans avoir la force de proferer une parole, & ſe retira dans le palais du Fleuve ſon pere, en proie à la derniere déſolation.

Paris aimait ſincerement Œnone, il fit de vains efforts pour la retenir & la vit s'éloigner avec une véritable douleur; mais bientôt un ſpectacle nouveau, vint s'emparer de toute ſon attention, & ſe préparer à une foule d'événemens qui ne permirent plus à ſa premiere tendreſſe de trouver encore place dans ſon cœur.

Un nuage brillant d'or & d'azur deſcendu du haut des airs s'abbattait lentement juſqu'à la ſurface de l'horiſon, les vents avaient ſuſpendu leur haleine, les vieux arbres du Mont Ida, dont la tête altiere ſemblait toucher à la voute des Cieux retenaient le mouvement ordinaire qui agitait leur cime, toute la Nature en ſilence attendait l'événement de ce prodige, Paris lui-même ſaiſi d'étonnement & de crainte, baiſſait les yeux en tremblant & ne ſavait qu'augurer d'un ſpectacle ſi extraordinaire; lorſque le nuage s'étant ouvert au bruit du tonnerre, fit paraître à ſes yeux Mercure, qui, le caducée en main, conduiſait Junon, Minerve & Vénus qui s'arrêterent toutes les trois devant le Berger, les yeux fixés ſur lui.

La majeſté la plus haute & la plus fiere brillait ſur le viſage de la Reine des Dieux, & diminuait peut-être les graces d'une figure à qui la Nature d'ailleurs n'avait rien refuſé; l'air auſtere de la Déeſſe des Arts, ſon habillement ſimple, négligé, était peu fait pour relever ſes charmes; mais Dieux! que devint Paris lorſque ſes regards ſe porterent ſur Vénus, & qu'il fut permis à un mortel de conſidérer tous les traits divins dont elle était pourvue, & que l'envie de gagner ſon Juge, l'avait engagée à relever par tout ce que l'art peut imaginer de plus ſéducteur.

Une tunique légere d'un bleu céleste tendre, laissait voir tous les charmes d'une taille enchanteresse, & d'une gorge divine, de la forme, de l'embonpoint & de la blancheur la plus parfaite; ce vêtement descendait jusques aux genoux où il était relevé galamment par un nœud composé de fleurs les plus rares, & laissait à découvert un pied & une jambe d'une tournure inimitable, & le commencement d'une cuisse qui annonçait des beautés au-dessus même de l'imagination. Ses cheveux d'un blond cendré admirable flottaient au gré des zéphirs, & se répandaient en mille boucles, sur des épaules plus blanches que l'albatre : ses yeux & tout l'ensemble de ses traits, portaient mille feux jusques au fond des cœurs, & l'amour auprès d'elle tenait son arc désarmé, & la pointe de ses fléches appuyées sur la terre comme s'il eut voulu indiquer que tant de graces réunies n'avaient pas besoin de son pouvoir pour établir leur empire.

Paris ébloui d'un pareil spectacle, n'osait arrêter ses regards, qui malgré lui revenaient sans cesse sur Venus; Mercure le tira de cette douce rêverie, pour lui réitérer les ordres de Jupiter. Prononce, lui dit-il, & donne toi même la pomme à celle pour laquelle ton cœur s'intéresse le plus, & vous, Déesses, leur dit-il, présentez aux yeux du Berger tout ce que peut lui attirer de plus flatteur de chacune de vous, la préférence qu'elle desire en obtenir; le Maître des Dieux vous permet de solliciter son suffrage, & je revole à l'Olimpe, pour vous laisser plus de liberté.

A peine achevait-il ces mots que Junon s'adressant à Paris; heureux mortel, lui dit-elle, quelle est ta glorieuse destinée! la sœur & l'épouse du plus grand des Dieux va te devoir sa prééminence; Jupiter veut que ton choix confirme le sien. Les Cieux & la Terre à mes pieds, ne lui paraissent rien sans ton suffrage; quel plaisir pour toi de me l'accorder, & de mériter par-là d'être le premier du monde!

Eh! que servent tous ces avantages sans le don de l'esprit & des arts, interrompit Minerve en secouant sa lance d'un air fier & sévère; l'empire dont vous vous vantez n'est qu'un opprobre de plus, s'il n'est fondé sur une sagesse & un prudence inaltérable, dont moi seul je puis le douer. Vous pouvez lui donner des couronnes, & moi je lui apprendrai à les porter; vous pouvez le rendre maître de l'Univers, mais moi ſeule puis le rendre digne de l'être.

Plaiſir, Dieu charmant qui es-ici bas l'ame de la nature, dit Vénus, d'une voix tendre & touchante, viens m'aider à ſurmonter des rivales ſi dangereuſes; regarde moi Paris, (ajouta-t-elle en lançant ſur lui un regard capable d'embrâſer l'ame la plus inſenſible), contemple ces charmes dénués d'artifice & de tout extérieur impoſant une poſſeſſion auſſi précieuſe t'eſt deſtinée. Une mortelle, qui peut ſeule diſputer avec moi, ce que ces orgueilleuſes Déeſſes croyent poſſéder, t'eſt promiſe pour ta récompenſe: elle te tend les bras, mais elle ne peut te recevoir que des miens, prononce & prive toi ſi tu l'oſe, du plus grand bien où jamais mortel ait pu aſpirer.

Elle achevait à peine que Paris était à ſes pieds; la pomme avait échappé de ſes mains; il la ramaſſa pour la préſenter à la Déeſſe, avec un trouble dont elle ne connut que trop la cauſe: malheureux, s'écria Junon d'une voix tonante, quel avenir tu t'apprête, quel vengeance je vais tirer de ton inſolence; & que de ſang elle va faire répandre, ajouta Minerve en frémiſſant; tiens, pourſuivit elle en lui préſentant ſa terrible égide, où son pouvoir faisait retracer tout l'avenir, vois ta destinée & celle de ta malheureuse patrie. Paris éperdu osa lever ses regards sur elle; quel spectacle! sa patrie embrâsée, son pere & ses freres égorgés, ses sœurs & sa mere chargés d'indignes fers, un insolent vainqueur portant la flamme dans les murs sacrés, ouvrage de deux puissans Dieux, lui-même percé de coups, le sein déchiré par des blessures cruelles; il ne put résister à des objets si affreux, il tomba sans connaissance dans les bras de Vénus, & les Déesses après avoir lancé des regards effrayants sur ces deux objets de leur haîne, remonterent au céleste séjour pour méditer à loisir leur vengeance.

Les soins de Vénus rappellerent Paris à la vie, il ouvrait avec peine des yeux languissans & égarés; cet avenir terrible se peignait à son imagination échauffée avec des traits qui le faisaient frissonner d'horreur, mais l'amour faisant briller son flambeau devant lui dissipa ces nuages funestes: bientôt il ne s'occupa que des promesses de Vénus; & la Déesse, après lui avoir fait connaître la fille de Léda, & lui avoir indiqué les moyens qui pouvaient lui assurer ſa poſſeſſion, retourna dans l'Olimpe pour y jouir de ſa victoire, & laiſſa le Berger dans ce trouble enchanteur qui annonce une nouvelle paſſion, que le portrait d'Helene que Vénus lui avait donné en le quittant, porta bientôt à ſon dernier comble.

La ſuite au Cahier prochain.

www.ingramcontent.com/pod-product-compliance
Ingram Content Group UK Ltd.
Pitfield, Milton Keynes, MK11 3LW, UK
UKHW031908260826
14628UKWH00003B/1069

9 782013 058773